たからもの

深川澪通《みおどお》り木戸番《きどばん》小屋

北原亞以子

本書は二〇一五年十月、講談社文庫より刊行されたものです。

目次

深川之内

小名木川ヨリ南之方一圓

『たからもの　深川澪通り木戸番小屋』関係地図

地図・谷口正孝

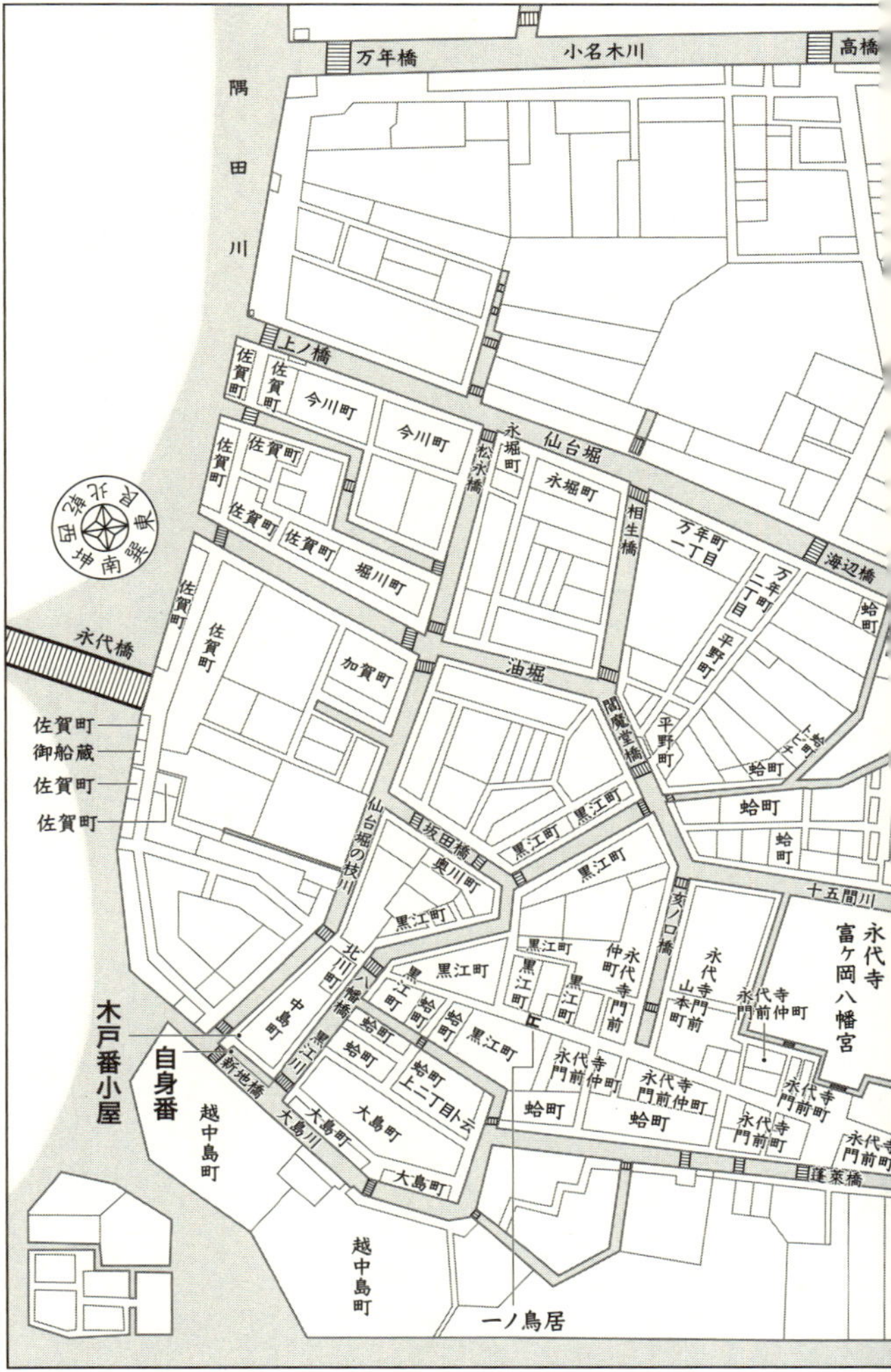
万年橋
小名木川
高橋
隅田川
上ノ橋
佐賀町
佐賀町
今川町
今川町
佐賀町
佐賀町
佐賀町
佐賀町
堀川町
松永橋
永堀町
仙台堀
永堀町
相生橋
万年町一丁目
万年町二丁目
海辺橋
蛤町
佐賀町
佐賀町
永代橋
加賀町
油堀
平野町
閻魔堂橋
平野町
蛤町
蛤町
佐賀町
御船蔵
佐賀町
佐賀町
仙台堀の枝川
黒江町
黒江町
蛤町
蛤町
坂田橋
黒江町
黒江町
奥川町
十五間川
亥ノ口橋
黒江町
北川町
黒江町
永代寺仲町
永代寺門前
黒江町
黒江町
永代寺山本門前町
永代寺門前仲町
永代寺
富ケ岡八幡宮
八幡橋
黒江町
蛤町
中島町
蛤町
蛤町
黒江町
木戸番小屋
自身番
黒江川
蛤町
永代寺門前仲町
永代寺門前町
新地橋
蛤町上二丁目ト云
永代寺門前仲町
蛤町
越中島町
大島川
大島町
大島町
蛤町
永代寺門前町
永代寺門前町
大島町
蓬莱橋
越中島町
一ノ鳥居

たからもの

深川澪《みお》通《どお》り木《き》戸《ど》番《ばん》小屋

第一話　如月《きさらぎ》の夢

雨が降っていた。傘は持っていなかった。さすがに可哀《かわい》そうだと思ったのか、古参の女中のおしまが化《ば》けて出そうな破れ傘を見つけてきたが、おつぎは、差し出されたそれを振り払うようにして飛び出した。

ばかにするなと思った。おつぎは、確かに人宿《ひとやど》とか請宿《うけやど》などとも呼ばれる口入屋《くちいれや》で、部屋代やら薪代《まきだい》やらを払って暮らしていた女だった。おしまの言う通り、女中として働いてくれる女がなかなか見つからないこのご時世に、奉公先が見つからなかったためずらしい存在であった。

が、おつぎに言わせれば、それはおつぎがわるいのではない。「奉公人口入所　釜《かま》屋《や》久兵衛《きゆうべえ》」に、ろくな働き口がこなかったのである。おしまが十五の時から二十年も働いているという羅宇《らう》竹問屋《だけどんや》の相模屋《さがみや》にしても、決して条件のよい働き口ではなかった。

半季《はんき》だけの奉公で、仕事は飯炊きから拭《ふ》き掃除《そうじ》、水汲《みずく》みにいたるまでの雑用《ざつよう》、給金は一両というのである。そのかわり、九月二十日から働くことになるので、三月五日の出替わりの日ではなく、三月二十日までいてもよいという。

おつぎは顔をしかめた。仲働きではない女中の給金は今、一年二両二分である。半季なら一両一分くれてもよい筈《はず》であった。

それでも奉公しようときめたのは、口入屋で翌《あく》る年の三月五日まで暮らすより、どんなところでも働いていたほうがいいと思ったからだ。口入屋は、仕事の見つからぬ者を、寝泊まりさせてくれる。無論、暮らしにかかる雑費は払わねばならない。釜屋の部屋は薄暗い四畳半で、夜具《やぐ》が薄い分、他の口入屋の雑費より、ほんの少し安かった。

が、安くとも、支払うものは支払うのである。相模屋へ行けば、手足にひびをきらして働かねばならないが、雑費を払わずに食事ができて仕着せがもらえて、少なくとも一両の給金がもらえるのだ。

来年三月まで辛抱《しんぼう》して、釜屋ではなく、両国橋《りょうごくばし》を渡った向こう側の人宿をたずねてみよう。おつぎは下総《しもうさ》の生れで、船橋宿《ふなばしじゅく》の旅籠《はたご》で働いている弟が、淋しいからなるべく船橋に近いところで働いてくれと泣き出しそうな顔をしたので、江戸のうちでも本所《ほんじょ》とか深川《ふかがわ》とか、ご朱引《しゅびき》からはずれそうなところで働くことにしたのだが、それが間違いだった。米沢町《よねざわちょう》とか横山町《よこやまちょう》とか、江戸の真ん中に近いところの口入屋に飛び込めば、もっといい働き口が見つかるにちがいなかった。

そう考えて、釜屋久兵衛のすすめる通りに本所相生町《あいおいちょう》の相模屋へきたのだが、扱いはひどいものだった。

おしまによると、相模屋の羅宇竹があまり売れなくなっているらしいのである。贅《ぜい》沢《たく》な人達は見栄《みえ》を張って銀煙管《ぎんギセル》を持ちたがる上、数年前に、日本橋横山町に新しい羅宇竹の問屋ができたのが原因なのだそうだ。理由はわからないが、これまでに取引のあった煙管細工所《キセルさいくどころ》や職人が、横山町のその問屋、俵屋《たわらや》と取引をはじめたようだと、おしまは顔をしかめた。

半季の約束でおつぎを雇ったのも、十二月と一月はやはり目がまわるほどいそがしいからで、番頭などは小僧を雇ってもらいたいのにと愚痴《ぐち》をこぼしていたという。

「覚悟しておおき。お店の方のお使いを頼まれて、一日中、足を棒にして歩くようになるかもしれないよ」

と、おしまは新入りのおつぎに肩をすくめてみせた。

おしまの言った通りになった。得意先を女中がたずねて行くことはないのだが、職人へのことづけをその女房に頼むようなこともあり、そんな時におつぎが使いに出るのである。みぞれの降る中を使いに出て、帰れば台所での水仕事が待っていると思うと泣きたくなったものだった。

が、三月五日にはまだ一月《ひとつき》もある昨日、暇を出された。非は自分にあるとは、わかっている。わかっているが、あずけられた手紙をなくしてしまったとおつぎが泣きながら報告したとたん、主人が、明日の朝までに荷物をまとめて出て行けとまで激怒するとは思わなかった。

なくしたのは、この世に二つとないものではない。主人が職人に宛てて書いた簡単な手紙なのである。もう一度書いて、今日のうちに必ず届けろと言えばすむことではないか。しかも職人は、正月に行けなかったからと成田《なりた》のお不動様《ふどうさま》へお詣《まい》りに出かけているとのことだった。もう一度手紙を書いてくれれば、その日のうちに職人の女房に渡すことができ、明日には帰ってくるという職人が、すぐ読むことができるのだ。

「わかったよ」

おつぎは膝《ひざ》をたたいた。女中部屋で、わずかな荷物をまとめている時だった。

相模屋の一番いそがしい時期は過ぎた。これもおしまの話だが、二月からは割合に暇な日がつづくという。水仕事はおしま一人で間に合うし、使いは手代《てだい》が行けばよい。早く言えば、おつぎはいらないのだ。主人は、おつぎがしくじるのを待っていたのかもしれなかった。

「そうだよ、そうにきまってる」

人宿でくすぶっていた女なのだから、半季六ヵ月に一月《ひとつき》足りなくっても、暇を出したっていいだろう。そう考えたにちがいない。その証拠に、一両の給金はきっちり五ヵ月分だった。

「相模屋め、ばかにしやがって」

おつぎは、つめたい雨に濡れながら歩き出した。


「まあ、どうしなすったの。風邪《かぜ》をひきますよ」

うしろから声をかけられてふりかえった。ふっくらと太って色の白い女が傘をさしかけてやろうと思ったのだろう、大きな軀《からだ》の割には軽々としたしぐさで駆《か》けてきた。

「傘を持たずにおうちを出てしまいなすったんでしょう。今朝《けさ》の早いうちは、降っていませんでしたものねえ」

女はそんなことを言って、傘をおつぎにさしかけた。蛇《じゃ》の目《め》ではあるが、端に少々破れがある。女はその破れを自分の方へまわしたものの、軀を傘半分の中へ入れようとしたのだろう、ふっくらとしたそれをおつぎに押しつけてきた。下総で暮らしていた時、庄屋《しょうや》さんの家で咲いていた梔子《くちなし》と同じ香りがしたとおつぎは思った。

「小母《おば》さん、そんなにわたしにくっついたら、小母さんの着物まで濡れるよ」

「あら、ごめんなさいね。わたしは、この通り太っているものだから、傘からはみだしてしまうの」

傘をおつぎにさしかけたまま、あわてて離れようとした女の袖《そで》を、おつぎは力いっぱい引いた。

「いいよ、わたしのことなんざ。どうせもう、びしょ濡れなんだもの」

「そう言いなさらずに。そうだ、半分ずつ濡れましょ。ご迷惑かもしれないけど、こちら側半分でも軀が触れ合っていると暖かいから、そうやって歩いて行きましょう」

そう言ってから、女はころころと転がるような声で笑った。

「歩いて行きましょうって、わたしは間抜《まぬ》けね。あなたの行く先も聞いてないのに」

口許《くちもと》をおおったえくぼのある手からも、よい香りがしたような気がした。そういえばと、おつぎは思った。弟の宗介《そうすけ》が三つになった時にあの世へ旅立ってしまった母のおたみも、時折だが、よい匂《にお》いがした。

庄屋さんの家で水仕事を一手にひきうけて働いていたおたみからは、汗のにおいのすることが多かったけれど、庄屋さん一家や、庄屋さんの家で働いている人達がみな湯に入ったあと、そっとお水を足《た》して沸《わ》かしなおし、宗介と三人でよく暖まって、湯上がりの軀を拭いている時などに、ふっと梔子のような香りが漂《ただよ》ってきたものだった。

おつぎが四つか五つの頃、庄屋さんの孫にその話をしたことがある。庄屋さんの孫は、それはうちの梔子の花の香りが残っているのだと言って、おつぎの母からよい香りがする話を嘘だときめつけたけれど、花が散ってから半年もたつ冬に、その香りの漂ってくるわけがなかった。十くらいになった宗介も、「おっ母《か》ちゃんの匂いは、いい匂いだったね」と言っていたので、あれがおたみの香りであったことは間違いない。

「あの、どちらへ行きなさるの」

「え?」

おつぎは、夢から醒《さ》めたように女を見た。

「お送りしますよ。それとも、中島町《なかじまちょう》の木戸番《きどばん》小屋へ寄っていただける?」

「中島町の木戸番小屋って」

「澪通《みおどお》りの端《はじ》っこにあるんですけど。もし、あの、ええとお名前を伺《うかが》ってもいいかしら」

「つぎ」

「もし、あの、おつぎさんが中島町の方へ行くならばということですけど」

中島町だろうが大島町《おおしまちょう》だろうが、こっちはあてもなく歩いているんだと思った。が、もし中島町澪通りの端っこにあるという木戸番小屋へ寄っていいなら、このずぶ濡れになった着物を着替えさせてもらいたい。それに、このふっくらとしたやわらかな軀に、もう少しの間くっついて歩いていたい気もする。

宗介が生れてからの三年間は、庄屋さんの家の女中部屋で、三人が枕をならべて寝た。昼間は宗介を背負《せお》ったおたみが高麗鼠《こまねずみ》のように働いているので、おつぎは一人で庭で遊んでいた。母に甘えられるのは宗介が眠ってしまった夜中だけで、おつぎは母の胸に頬《ほお》を押しつけたり、「お姉ちゃんがおかしいよ」と叱《しか》られながら乳を吸ってみたりしたものだ。もっともその楽しみは、夜泣きする宗介に、しばしば邪魔《じゃま》をされてしまったが。

「あの、小母さんとこへ寄ってもいいですかえ」

「どうぞ。狭いところだし、夜廻りをしなければならない亭主の笑兵衛《しょうべえ》が、昼のうちは隅っこで寝ていますけど、着物をかわかすくらいはできますよ」

「有難《ありがと》うございます」

礼を言いながら、おつぎは、この小母さんはわたしの行く先をしつこく聞いてこないと思った。家なしの娘と、見当をつけたのだろう。

大当りだと言ってやりたいが、家なしの娘は、理由もなしに疑いの目を向けられる。江戸へ出てきてはじめて暖簾《のれん》をくぐったのが、口入屋の釜屋だったが、そこでもそうだった。

五日ほど暮らしている間に、銭箱の銭がなくなるという出来事があり、江戸に身寄りのないおつぎに疑いがかけられたのである。「盗ったものを返せ」「盗らないものは返せない」と、久兵衛夫婦と声を荒らげて争う騒ぎとなったが、おつぎは負けなかった。

母が他界したあと、庄屋さんもさすがに追い出すことができなかったのだろう、そのまま住まわせてくれたが、雑巾《ぞうきん》がけや庭掃きなど、五つの女の子にもできると思われたことは、容赦なく言いつけられた。庄屋さんの孫が、独楽《こま》がない、下駄《げた》がないと泣きわめく時は、つい先刻まで孫が独楽をまわし、下駄を放り投げて遊んでいたとわかっても、おつぎと宗介が疑われた。

その時に、おつぎは、脅《おど》されても賺《すか》されても、知らないことは知らないと強情を張り通さねばいけないと学んだ。釜屋では、強情を張っていると自身番屋《じしんばんや》へ突き出すと脅されたが、おつぎはかぶりを振りつづけた。そのお蔭《かげ》で、できれば知らぬ顔をしていたかったらしい久兵衛の伜《せがれ》が、「実は友達と、新地《しんち》へ遊びに行く約束をして」と、こめかみのあたりをかきながら白状したのだった。

傘をさしかけてくれた女は、母と同じ香りがするが、だからといって善人であるとはかぎらない。おつぎは、横目で女を見ているうちに、かすかな知り合いが黒江町《くろえちょう》にいることを思い出した。釜屋で働き口の見つかるのを待っていた時に、毎日のように釜屋へきていた若者だった。

「あの、中島町は黒江町に近いんですか」

「あら、黒江町に行くおつもりだったの」

女が微笑した。額《ひたい》や頰に蛇の目の紺《こん》が映っているのに、いや、映っているからなお色白に見えるのか、白い牡丹《ぼたん》の花が咲いたようだと思った。

「すぐ近くですよ。じゃ、そちらへ行きなささる」

「いえ」

おつぎはかぶりを振った。

房吉《ふさきち》というその若者とも、友達といえるような間柄ではない。退屈しのぎに釜屋の前の道を掃いていた時に二、三度顔を合わせ、房吉も下総から出てきたと知って、急に親しくなったような気がしただけだった。房吉は黒江町にいる知り合いを頼って出てきたようで、おつぎが最初の奉公先となった小売りの米屋へ行く前日には、姿を見せなかった。先に働き口が見つかったのかもしれなかった。

「房吉っていう人なんだけど。もしかしたら、どこかで働いているかもしれない」

「房吉さん？　そうね、そのお人が黒江町にはいなさらないかもしれないのなら、やっぱりうちへおいでなさいな」

蛇の目の色を映しているのに色白な顔がまた微笑して、傘のなかに牡丹の花が開いた。

「時分時《じぶんどき》だし、お腹《なか》も空《す》いていなさるでしょう。ご飯を召《め》し上がっておゆきなさいな」

「そんな。はじめて会った人のうちで、ご飯まで食べるなんて」

「あのね、今日は子供のお祭りでしょう？　おつぎさんはもう子供じゃないけど、今日だけ子供になりなさればいいんですよ。うちの笑兵衛や番屋の弥太右衛門《やたえもん》さんなどは、一年中子供みたようですもの」

「子供のお祭り？」

「そう、初午《はつうま》ですよ」

些細《ささい》なしくじりを口実に追い出され、その口惜《くや》しさでいっぱいだったのと、予想以上に雨が激しく、うつむいていたのとで、幟《のぼり》も大行燈《おおあんどん》も目に入らなかった。が、落着いて耳をすますと、子供達が叩《たた》いているらしい太鼓《たいこ》の音も聞えてくる。

「ね、だから、うちへいらっしゃいな。ひょっとこのお面はないけど、お赤飯もお煮《に》染《し》めもありますよ。ただ、わたしがつくったものですから、お味はお気に召すかどうかわかりませんよ」

「いえ、そんな」

お赤飯――と、おつぎは口の中で言った。

庄屋さんの家でお祝い事があった時に食べたことはある。ご飯が口の中でお餅《もち》になるようで、世の中にこんなおいしいものがあるのかと思ったものだ。ゆっくりと味わって食べていると、弟の宗介が「姉ちゃん、ちょっとちょうだい」と横取りしていった。江戸へ出てきたのは一昨年《おととし》、十三の時だったが、お赤飯の小豆《あずき》のにおいをかいだことはあっても、食べたことはない。

「お赤飯、お嫌い？」

「とんでもない、大好きです」

「そう、よかった」

女は心底から嬉《うれ》しそうに笑い、濡《ぬ》れ鼠《ねずみ》のおつぎの肩を抱くようにして歩き出した。

女の名はお捨《すて》というようだった。亭主だという木戸番の男は目を覚ましていて、自身番屋の当番だという差配《さはい》と、でがらしの茶を飲んでいたのである。

「まあまあ、そんな、いついれたのかわからないようなお茶を飲んで」

女はあわてて三畳ほどの部屋に上がり、亭主が持っていた急須《きゅうす》を取りあげた。おそらく小屋の裏にある、ごみためへ茶殻《ちゃがら》を捨てに行こうとしたのだろう、その時に、自身番屋の当番のくせに木戸番小屋で茶を飲んでいた差配が、「お捨さん、いいんだよ、でがらしでさ」と女を呼びとめたのだった。

「とんでもない、これは、わたしがお使いに出て行く時に飲んでいたお茶ですもの」

「お捨さんの飲んだあとなら光栄さ」

「ばかなことを。おつぎさん、ちょっと待ってて下さいね。今、この人達にお茶を一杯飲ませたら、番屋の方へ追い出しますからね」

お捨は、部屋の中に干してあった手拭《てぬぐ》いを取り、ぼんやりと土間に立っているおつぎの手に渡して外へ出て行った。

おつぎは、髪からしたたり落ちている雫《しずく》をぬぐうのも忘れて、三人を眺《なが》めていた。仲のよさそうな夫婦と仲のよさそうな隣人が談笑している中に自分がいるなど、信じられない出来事だった。

笑ったりふざけたりすることができたのは、母が庄屋さんの家での仕事を終え、狭い女中部屋へ引き上げてきた時だけで、それも、母が逝《い》った五歳の時からなくなった。雑巾がけや庭掃きをすませて部屋へ戻ってくると、口をきくのも億劫《おっくう》で、三つの宗介が甘えてくるのも鬱陶《うっとう》しいだけだった。

お捨が戻ってきて熱い茶をいれると、男達は「熱《あち》」と小さな悲鳴を上げながら、湯《ゆ》呑《の》みを持って立ち上がった。

「寒いのに、待たせちまってごめんよ」

などと言いながら、ふうふうと息を吹きかけて立ったまま茶をすすり、商い番屋とも呼ばれている番小屋の、商売物がのっている台の端に湯呑みを置いて、向かいの番屋へ傘もささずに走って行った。

「呆《あき》れた人達でしょう」

お捨は笑いながら、抱えていた小さな風呂敷包みをといた。一見してそれとわかる、菓子の包みがあらわれた。おつぎは、唾《つば》を飲み込んだ。

甘い菓子など、生れてから一度も食べたことがない。いや、一度だけ、母が饅頭《まんじゅう》をやはり庄屋さんからもらってきたことがある。宗介と半分ずつにして食べたが、この世のものとは思えないおいしさだった。「おいしい」とおつぎが目を丸くして言うと、母は、「よかったねえ」と言って笑った。

今、気づいたが、あの時、母は母屋《おもや》でもらった菓子を食べずに懐《ふところ》へ入れ、部屋へ持ち帰ってくれたのではないだろうか。

お捨は、菓子を小皿にのせて土間へ降りてきた。男二人が置いていった湯呑みも盆にのせ、雨の降る空を見上げた。

「番屋へこれを置いてきますからね、その間にゆっくりと着替えなすって下さいな。軀を拭く手拭いが足りなかったら、隅《すみ》の行李《こうり》に入ってます」

うなずいたが、おつぎの目は菓子包みから離れない。竹の皮の中には、餡《あん》を薄いころもでつつんだ菓子が、一つだけのこっていた。

お捨が蛇の目を開いたのだろう、傘を打つ雨の音が聞え、下駄の音と一緒に聞えなくなった。お捨は、向かいの番屋へ入ったようだった。

食べたいと思った。この世のものとは思えないおいしさが、たった一つ、目の前に残されているのである。

「でも」

よそう。あの一つはお捨が自分のために残したにちがいなく、おつぎが黙って食べてしまえば、何といういやしい子かと、貸してくれた手拭いも取り上げて追い出す筈だ。そういえば房吉も言っていた。

「俺《おれ》は小作人《こさくにん》の伜でさ。親はもうこの世にいねえから、兄貴の言うことをきかずに江戸へ出てきたんだけど、雇う方にすりゃ、そういう奴《やつ》が一番こき使いやすくって放り出しやすいんだよ」

その通りだと、おつぎも思う。大店《おおだな》に奉公しているのは、ほとんどと言っていいほどその店と縁がある者だという。女中が足りないと言いながら、水仕事をさせる女中まで、出入りの職人の知り合いという娘を選びたがるのだそうだ。

半季で一両という羅宇竹問屋からの話に嬉しそうな顔をしなかったおつぎに、久兵衛が「それだってお前、多少は名の知れた問屋だよ」とあきれたように言ったのは、当然のことなのだ。

おつぎ達は、いつも輪の外にいるほかはない。大店に奉公することのできた娘は、嫁いだあと、その娘を大店に奉公させることができる。働き方次第では、娘を行儀見習いの名目で奉公に出すこともできるだろうし、亭主の知り合いの娘も雇ってもらえるだろう。

そんな風に知り合いどうしが手をつないで、田舎《いなか》から出てくるおつぎのような娘を仲間に入れないようにする。

それでも、おつぎ達は江戸へ出てくるほかはない。江戸にくれば飢えることはないからだ。仕事を選びさえしなければ、稼《かせ》げるのである。おつぎは釜屋久兵衛の言うままに奉公していたのだが、違法な貸付をしているらしい高利貸《こうりがし》の家で働いたこともある。半季の奉公の間に、借金を返せずに自棄《やけ》になった男が匕首《あいくち》をふりかざして飛び込んできたこともあった。

あの時、おつぎは、「おっ母さん」と泣き叫びながら裏口から逃げた。なぜおっ母さんは、わたしがこんな思いをしないように生きていてくれなかったのだと、幾度も思ったことをまた思った。

おたみは、所帯をもたずにおつぎと宗介を生んだ。おつぎも宗介も「父《てて》なし子」とあざけられることがあって、その情けなさをおたみに訴えると、おたみは「ごめんよ、こんな風になるとは思わなかったんだよ」とうろたえて、二人を抱いてあやまったものだった。庄屋さんのいとこが母の相手だったのだろうと、子供心にも見当はついていたが、おろおろと詫《わ》びつづける母を見ると、「お父《と》っつぁんはあの人なの」と尋ねるのも可哀そうになった。

それに、庄屋さんのいとこが父親だとわからない方がよいような気もしていた。その男は庄屋さんの家の番頭のような仕事をしていて、女房はいなかったが、意地のわるい娘が二人もいた。あんな男の娘になり、意地悪な姉妹がふえるより、おつぎは、色白で、綺麗《きれい》で、おとなしくてやさしいおたみ一人から生れた娘でいたかった。

おつぎの夢は、宗介を連れ、おたみと一緒に庄屋さんの家を出て行くことだった。庄屋さんの家を出て、狭くてもよいから家を借りて、三人で働いて、お赤飯も甘いお菓子も、お腹いっぱい食べられるようになることだった。なのに、おたみは十年前に急死してしまったのである。「宗ちゃんを頼むね」とおたみに言われていなければ、子守に出された十一の時に、川へ飛び込んでいたにちがいなかった。

泣虫の宗介も、やっと船橋宿の旅籠で働くようになった。おたみが生きていてくれれば、おつぎも旅人相手の料理屋あたりで働くことにして、親子三人、船橋で暮らせたかもしれないのである。そして時折《ときおり》顔をそろえて、お赤飯やお菓子を食べていた筈なのだ。

「でも、おっ母さんは、もったいないからお菓子は二つ買えばいいよって言うだろうな。わたしはいいから、お前達でお上がりって」

気がつくと、おつぎは、着替えの着物を手に持ったまま土間に立っていた。軒下《のきした》へ出て袂《たもと》や裾《すそ》を思いきりしぼったものの、着物も襦袢《じゆばん》もまだたっぷり雨を含んでいる。脱いだ着物の置き場所がないのである。

「お着替えはすみました？」

お捨の声がした。

「あら、どうなすったの」

「あの、あんまり着物が濡れてるんで、畳《たたみ》にしみをつくっちまいそうで」

「まあ、気がつかなくってごめんなさい」

お捨は太った軀を横にして、おつぎの脇をすりぬけた。ふわりと、梔子の花の香りがした。

土間の隅に棚がつくられていて、おそらくは行李に入りきらなかったものが置かれているのだろう。埃《ほこり》よけの風呂敷がかぶせられている中から、お捨は、古い畳紙《たとう》にくるんだものをおろしてきた。端布《はぎれ》と一緒に油紙《あぶらかみ》が入っていた。

「今、油紙を敷きますから、上で着替えをなすって下さいな。おいやでなかったら、お背中くらい拭きますけど」

「いえ、あの、お願いします」

お湯から上がった時、母のおたみは梔子の匂いをさせながら、おつぎや宗介の軀を拭いてくれたものだった。

お捨は気軽にうしろへまわってきておつぎの背中を拭き、おつぎが軀で雨をよけていた風呂敷包みの中の襦袢と着物を羽織《はお》らせてくれた。

おっ母さんが生れかわったのじゃないかしらと、おつぎは思った。おたみは小柄で痩《や》せていたが、色白で、くすんだ色の着物を着ていても綺麗に見えるところはよく似ている。帯をしめながらふりかえると、お捨は、長火鉢《ながひばち》に炭をつぎたしていた。

「さ、火におあたりなさい。今、お煮染めをあたためますから、その間、このお菓子でも食べててね」

「そんな。小母さんの分がないじゃありませんか」

「わたしはいいんですよ、おつぎさんが……」

おつぎがお食べ。

確かにそう聞えた。お捨の口を借りて、おたみがそう言ったにちがいなかった。おつぎは、脱ぎ捨てた着物をたたむのも忘れて、長火鉢の前に坐《すわ》った。

翌る日も雨だった。

昨日、赤飯を三杯も食べたあと、おつぎはお捨に連れられて黒江町へ出かけた。房吉の住まいは黒江町の裏長屋《うらながや》としかわからず、探しても見つからないのではないかと思ったが、お捨には心当りがあるようだった。

事実、お捨がここではないかと思うと言った通称しじみ長屋には、留守だったけれども房吉という男が住んでいた。隣家の女の話では、十七、八くらいの若者で、下総生れだと言っていたという。おつぎの知っている房吉に間違いなかった。

「ね、見つかったでしょう」

と、お捨は、ころがるような声で笑った。

「実を言うと、房吉さんがうちへきなすったことがあるんです。でも、おつぎさんを驚かそうと思って黙っていたの。ごめんなさい」

笑ってかぶりを振ったが、胸の隅に棘《とげ》がささったような気がした。

おつぎにとって、お捨は母のおたみだった。母のおたみが、お捨の軀を借りてこの世に戻ってきたにちがいないのである。

それなのに、おつぎより先に房吉が会っていた。会って、多分、菓子を食べ、生まれ故郷のことを話して、お捨に「いいとこなのねえ」と感心してもらい、いい仕事が見つからぬなどと言って相談にのってもらっていたのである。

冗談じゃない、わたしのおっ母さんなのに。

「どうなさる？」

と、お捨が尋ねた。口入屋へ行くかというのだった。

「釜屋さんではない請宿も知ってるけど」

その口入屋へ、お捨に連れて行ってもらおうかとも思った。が、おつぎがその口入屋で出替わりを待っている間に、また房吉が澪通りの木戸番小屋へ行って、お捨に甘えるかもしれなかった。それに、出替わりまで、あと一月《ひとつき》もある。

「あの、わたし、しばらく深川で暮らしたいんですけど」

「でも、いくらこのあたりは店賃《たなちん》が安いといっても、請宿と同じというわけにはゆきませんよ」

「わたし、二月《ふたつき》か三月《みつき》、ゆっくりしてみたいんです。請宿で、雑用《ぞうよう》を払いながら肩身の狭い思いをして暮らすのもいやだし」

その間に一文なしになってもいい、毎日中島町澪通りの木戸番小屋へ行って、お捨の顔を見ていたい。おたみに食べさせてやれなかった菓子を買って行って、「まあ、おいしい」と言ってもらいたい。

お捨は、おつぎの気持が変わらないとわかると、房吉と同じ町の長屋へ連れて行ってくれた。中島町の長屋には空家がないが、その長屋、徳利長屋《とつくりながや》は確か一軒だけ空いていたと、木戸番小屋にいた差配、弥太右衛門が教えてくれたのである。

お捨は差配に会って、三月《みつき》くらいで引っ越すかもしれないと、事情を話してくれた。お捨さんの知り合いならと、差配は一も二もなく承知して、錠《じょう》がおりていたその家の戸を開けた。

畳が赤茶けていて、一月《ひとつき》も空いていたというせいだろう。しけったにおいがしたが、おつぎはそこで暮らすことをきめた。たとえ日本橋の呉服問屋が雇ってくれると言っても、もう深川を離れたくなかったが、それは働かねばならなくなった時に考えようと思った。

その夜は、木戸番小屋に泊まった。すぐに越してくるつもりだったが、夜具もないし、鍋釜《なべかま》もないしとお捨が心配してくれたのだった。

お捨の亭主、笑兵衛も、「俺は夜廻りが仕事だから」とぼそりと言った。もとは武士ではないかと思うような威厳《いげん》のある風貌《ふうぼう》で、口数の少ない男だったが、不思議にこわい感じはしない。おっ母さんも、こういう人を好きになればよかったのだと思った。

笑兵衛は、炭火をおこした七輪《しちりん》を足許《あしもと》に置いて、夜を明かしたようだった。おつぎは、どこかで眠ってはいるのだろうが、一晩中、お捨の静かな寝息を聞いていたような気がする。

幸せだった。笑兵衛が起きてさえいなければ、お捨の背に頬を押しつけていただろう。徳利長屋で暮らしているうちに富岡八幡宮《とみがおかはちまんぐう》のそばにある鰻屋《うなぎや》で働くことになって、出前の小僧も一人欲しいというので弟の宗介を呼び寄せて、一緒に暮らしている光景をありありと見たのだが、あれは夢だったのだろうか。おつぎと宗介は、毎朝遠まわりをして木戸番小屋の前を通り、お捨と笑兵衛に間違いなく挨拶《あいさつ》をしていたのだが。

ひさしぶりに、ほんとうにひさしぶりにあたたかい朝飯を食べ、おつぎは寝床に入るという笑兵衛に挨拶をして小屋を出た。徳利長屋まではお捨が一緒にきてくれるといい、その間は弥太右衛門という差配が留守番をしてくれるようだった。

お捨は、おつぎがこれから住む家に風呂敷包み一つの荷物を置くのを見て、鍋と釜くらいは用意しておくと言って帰って行った。おつぎは、長屋の木戸の二軒先にある豆腐屋《とうふや》の井戸で水を飲み、しじみ長屋へ向かった。

昨日は閉まっていた雨戸が、今日は開いていた。房吉は、家にいるようだった。おつぎは路地へ入り、房吉の家の前に立って案内を乞うた。

腰高障子《こしだかしょうじ》が内側から開いた。背の高い房吉が、眉間《みけん》に少し皺《しわ》を寄せて立っていた。

「覚えてる？　わたしのこと」

眉間の皺がなお深くなったような気がしたが、すぐに口許がほころびた。

「ああ、釜屋でくすぶっていた……」

「ひどい。くすぶっていたはないでしょう」

「すまねえ。が、釜屋の親爺《おやじ》は、お前《めえ》が羅宇竹問屋に雇われたと言ってたぜ。出替わりには、まだ早えじゃねえか」

「そうなんだけど、あんまりひどいところだから、飛び出してやったの」

おつぎは少し嘘をついた。「ふうん」と言って、房吉はあらためておつぎを見た。

「で、今、どこにいるんだえ」

「黒江町」

「何だって」

「今日から、徳利長屋に住むことになったの。それで房吉さんを思い出して、ご挨拶にきたの」

その言葉にも、少し嘘がある。

「中島町の木戸番小屋の小母さんにばったり出会ってね。徳利長屋をお世話してくれなすったのも、小母さんなの。おっ母さんみたように世話をしてくれなさるのね」

「ふうん」

と言って、房吉は横を向いた。

「俺だって、ここへきた時は木戸番の小母さんと小父《おじ》さんの世話になってるんだ」

「そう」

「あの小父さんと小母さんは、俺の大事な人なんだ。江戸へ出てきた俺が道に迷って、空きっ腹と寒さで気が遠くなっていたのを助けてもらったんだよ」

「恩人というわけね」

「恩人より、大事にしなけりゃならねえ親父とおふくろのような人なんだ」

「へええ」

と、おつぎは言った。負けてはいられなかった。

「わたしもね、昨日の雨に濡れていたのを、小母さんの傘に入れてもらったの。この傘も小母さんからもらったんだけど」

「それだけだろ」

「お赤飯と、お菓子をごちそうになった」

「お前《めえ》」

房吉は、不機嫌な目でおつぎを見た。

「俺んとこへ何しにきたんだ」

おつぎは口を閉じた。ほんとうに何をしにきたのだろうと思った。おつぎは、これから黒江町の住人になるのでよろしく頼むと言いにきたのだった。そう言って、房吉の知り合いにも挨拶に行って、黒江町で落着いて暮らせるようにしようと考えていたのだった。

　が、お捨は、おつぎの母がその軀を借りて生れ変わった人だった。房吉の母親では、決してなかった。房吉は友達になりたい男だけれども、お捨だけはゆずれなかった。お捨は、梔子の香りのするおつぎの母だった。それだけは言っておかねばならなかった。

「いきなり黒江町の住人になりましたなんて言ったら、房吉さん、びっくりなさるでしょう？　だから、いきさつを話しておいた方がいいかしらと思って」

「ふうん」

「昨日、木戸番小屋に泊めてもらって、小母さんとならんで寝たの。ほんとのおっ母さんみたようだった」

「帰《けえ》れよ」

房吉は、表障子《おもてしょうじ》に手をかけていたおつぎの肩を突いた。

「小母さんが、ほんとのおっ母さんみたようだと？　笑わせるねえ、中島町澪通りの木戸番の小父さんと小母さんは、俺の親代わりなんだ」

「何ですって」

「下総から出てきた右も左もわからねえ十四か十五の男に、誰が家を貸してくれるかよ。おまけに、俺が頼ってきた人は、店賃を踏み倒して行方《ゆくえ》をくらましちまったんだ。村へ帰るったって路銀《ろぎん》はなくなっているし、旅籠に泊まるったってどこへ行きゃいいのかわからねえし、第一泊まれるだけの金がねえ。途方に暮れて、大島川《おおしまがわ》の土手《どて》で泣いていたら、小父さんが声をかけてくれたんだよ」

「それだけでしょ」

「ちがわい。小父さんと小母さんが親代わりになって、佐賀町《さがちよう》の蕎麦屋《そばや》で働かせてもらえることにしてくれて、店賃は後払《あとばら》いで空家があったこの長屋に住めるようにしてくれたんだ」

「わたしだって、小母さんに家を借りてもらったんだもの」

「それだけだろうが。小母さんに面倒をみてもらってるのは自分だけってな顔をしねえでくんな」

「房吉さん」

これだけは言っておきたかった。

「小母さんは、おっ母さんと同じ花の匂いがするんだよ。おっ母さんが、小母さんになったんだからね」

「俺のおふくろだって、小母さんと同じように色が白くって太ってたよ」

「わたしは、五つの時から他人の中で働いているんだよ。意地悪をされつづけているんだよ。小母さんに会えて、やっとほっとしたんだ。小母さんを横取りしないでおくれ」

「ふざけるねえ。横取りしようとしてるのは、手前《てめえ》じゃねえか」

「ちがう。小母さんは、わたしのおっ母さんなんだ」

おつぎは、五つから十五になった今年まで、宗介をかばって必死に生きてきた。人に相談をしたこともあるけれど、自分で考えなとつめたい返事をくれるのはまだよい方で、してはいけない方法をわざと教えてくれる者さえいた。

宗介が旅籠でともかく働けるようになって、もう少しだけお金を稼げるようになりたいと江戸へ出てきて、高利貸の家に奉公したり、半季の約束を反古《ほご》にして追い出されたりして、やっと出会えたのがお捨なのだ。そのお捨とお捨の夫の笑兵衛を、俺の親代わりだと横取りされたなら、これから誰を頼りに生きてゆけばよいのかわからなくなる。

「いやだ。小母さんをとっちゃいやだ」

「うるせえ。横取りしようとしているのはお前《めえ》じゃねえか」

「ちがう」

弟にも手を上げたことがないおつぎだったが、敷居《しきい》の向こうの房吉に軀ごとぶつかっていった。房吉の中に庄屋さんのいとこがいて、お前《めえ》なんざ相手にしていねえんだと嘲笑《あざわら》っているように思えた。

「何しやがんでえ」

「お前のような男がいるから、おっ母さんが苦労したんだよ」

「わけのわからねえことを言やあがって。俺だって、話のわかってくれる親がいてくれねえと困るんだ」

「誰が、誰がお前なんかにおっ母さんを渡すものか」

そうわめくと、ずっと胸のうちにたまっていたものが消えてなくなったような気がした。おつぎは力まかせに房吉を突き飛ばし、家の中へ入った。こんな男なんかいなくなればいいと思った目に、表勝手のへっついのそばで光っている庖丁《ほうちょう》が映った。

「まったくもう、お前《めえ》さん達は何てえ喧嘩《けんか》をするんだよ」

と、お捨の亭主の笑兵衛が言った。なぜか寝つかれずに起き上がると、お捨が「眠れないのなら、おつぎさんにお鍋と桶《おけ》を届けてあげて下さいませんか」と頼まれたという。「おそらく、しじみ長屋の方にいなさると思いますけど」ともお捨は言ったそうだ。

「うちの婆《ばあ》さんの勘には恐れ入るがね」

笑兵衛は庖丁を、へっつい脇に置かれているまないたの上に戻した。おつぎが振り上げて、笑兵衛にもぎとられた庖丁だった。

「うちの婆さんをおふくろだと思ってくれるのも有難《ありがて》え話だが、婆さんの世話好きは、死ぬまでなおらねえよ。婆さんをおふくろのようだと思ってくれるなら、しようのねえおふくろだと思って、好きなだけ人の世話を焼かせてやってくんなよ」

やはり、おっ母さんは小母さんの軀を借りて生れ変わったのだと思った。おつぎが笑兵衛の娘に生れたかったように、おたみも庄屋さんのいとこではなく、笑兵衛の子を生みたかったにちがいない。が、笑兵衛にめぐり会わぬうちに庄屋さんのいとこに出会ってしまい、むりやり言うことをきかされたのだ。

「行くぜ、おつぎさん」

土間に蹲《うずくま》っていたおつぎは、黙って立ち上がった。

「ちゃんと、あやまりな」

おつぎは、かすれた声で「堪忍《かんにん》」と言った。いつも通りの声を出そうとすると、泣声の方が先に出てしまいそうだった。

「房さんも、そっぽを向いていねえでさ。この子も下総から出てきたんだろ。お前《めえ》の妹のようなものじゃねえか」

そうだったと思った。房吉は、庄屋さんのいとこではない。釜屋の前を掃いていたおつぎに、「ここの女中さんかえ」と声をかけてくれた若者だった。江戸へ出てきてからはじめて、先方から声をかけてくれた人物だったのだ。

おつぎは、笑兵衛の言葉の終らぬうちに、「兄ちゃん」と言った。低声《こごえ》で言ったつもりだったが、ちょうど泣声が唇《くちびる》の外へ飛び出そうとしていた時だった。「兄ちゃん」の言葉は、妙な金切《かなき》り声《ごえ》になって笑兵衛の言葉を遮《さえぎ》った。

恥ずかしかった。おつぎは袖で顔をおおいながら、恥ずかしいついでに言っちまえと思った。

「小母さんは、誰が何と言ってもわたしのおっ母さんだよ。それでもお前が俺のおふくろだと言うなら、わたしとお前は兄妹じゃないか」

ふふ、という低い笑い声が聞えた。笑兵衛が笑ったようだった。

「賢《かしこ》いね、おつぎちゃんは」

生れてはじめて男から褒《ほ》めてもらったと思った。おたみが生れ変わったお捨の亭主、笑兵衛はやはり、ほんとうはおつぎの父親になる筈だった男にちがいなかった。

「さ、行くよ。ことによると、お捨の方が先に徳利長屋に着いているかもしれねえ。まだ使ってねえ茶碗《ちゃわん》をくれるという人が見つかったんだとさ」

笑兵衛はおつぎをせかせるようにして家の外に出し、自分も戸口に立ってから房吉をふりかえった。

「左官《さかん》の親方が、もう一度こいと言ってくれたよ。蕎麦屋はもうしょうがねえが、親方はいい人だぜ。今度は仕事場から逃げ出すんじゃねえぞ」

おつぎは、路地へ出てきた笑兵衛の荷物に手を添《そ》えた。一つの荷物を二人で下げて歩くのは、一度、おつぎがやってみたいと思っていたことの一つだった。

第二話　かげろう

この雨があがると暖かくなるという看板書《かんばんか》きの言葉があたって、雲のきれてきた八《や》つ下《さ》がりには、夏を思わせる陽気になった。紙、筆、硯《すずり》などを箱に入れて背負い、呼ばれれば四宿《ししゅく》あたりへも出かけて行く看板書きは、これで明日からいそがしくなると、喜んでいるにちがいなかった。

弥生《やよい》は、用心のために持って行こうかと思っていた傘を壁の釘にかけ、履物《はきもの》も草履《ぞうり》にかえて家を出た。

夫と呼んでよいのか迷うほど、短い日を一緒に過ごした饗庭《あえば》草心《そうしん》と別れ、弥生は深《ふか》川《がわ》の相川町《あいかわちょう》へ越してきた。弥生がしばしば出かけていた佐《さ》賀町《がちょう》の書物《しょもつ》地本《じ》問屋《ほんどんや》、英盛《えいせい》堂《どう》の主人がこのあたりでは大きな家を探してくれて、手跡《しゅせき》指南所《しなんじょ》を開いた。

月ごとに二百文《にひゃくもん》の謝礼をもらうかわり、束脩《そくしゅう》は一朱でも百文でもよいことにして、一度に大金を払うことのできない人達の子も通えるようにした。無論、それでは弥生の暮らしが苦しくなるが、束脩を安くしてもらったお礼にと、魚や貝を届けてくれる者もいるし、青物《あおもの》を台所に置いていってくれる者もいる。昨日は豆腐屋《とうふや》が豆腐と油揚を持ってきてくれて、干物《ひもの》と味噌汁《みそしる》と香の物《こうのもの》という夕飯の惣菜《そうざい》ができてしまった。

有難《ありがた》いことだと思う。有難いと思えば、弟子達へ文字を教えるのも裁縫を教えるのも熱心になる。熱心になれば「いいお師匠さん」という噂《うわさ》がひろまって、その噂を聞いた親達が、「少し遠いんですけれども」と子供達を連れてくる。ものに恵まれて指南が熱心になるのではない、そんなさもしい気持はないと思うが、豆腐に油揚の入った味噌汁に舌鼓《したつづみ》を打って、もっと親切に教えてあげようと思うのも事実だった。

が、弟子の家をたずねることはめったにない。ただ、年下の子をいじめたりする子の家は、迷惑にならぬ時刻にたずねることにしていた。弥生が女なので、男の弟子は少ないのだが、その少ない男の子が問題を起こすことが多いのである。

今日、出かけるのもそんな男の子の家で、弥生の弟子にはめずらしく、裕福な藍玉《あいだま》問屋《どんや》の息子だった。七歳の三男だが、長男、次男とはかなり年齢が離れている。長男は十六、次男は十五で、二人とも浪人者が開いている佐賀町の指南所に通っていたそうだ。今は、お家流の文字を達者に書き、算盤《そろばん》もうまくなって、商売を覚えるため、日本橋《にほんばし》の糸物問屋と小間物問屋《こまものどんや》に奉公しているという。

兄達の評判はよいのだが、三男の忠三郎《ちゆうざぶろう》のあくたれぶりは驚くほどだった。兄達と同じ指南所に行かなかったのも、近所に住んでいて忠三郎のわるさを知る浪人者の師匠が、うちではとてもあずかれないと断ったのではないかと疑りたくなるくらいなのだ。

女の子の髪を引っ張るなど日常茶飯事で、女の子や年下の子に、独楽《こま》を買ってこいなどと脅すこともあるらしい。筆を洗った手桶《ておけ》の黒い水を年長の子にかけたこともあり、弥生は近いうちに藍玉問屋へ行って、相談をするつもりだったのである。

が、近いうちにとか、もう少しようすを見てなどと考えていたのは、間違いだった。忠三郎は今日、弥生の財布《さいふ》から金を抜き取ったのだ。

子供のことではあり、忠三郎が盗んだのはたいした金額ではない。表沙汰《おもてざた》にするのをためらうくらいなのだが、厠《かわや》へ行くと言って席を立ち、弥生が住まいとしている部屋へ行って、棚《たな》の上の財布から銭をとったのである。たまたま鼻血を出した子の手当をするために部屋へ戻った弥生が、その光景を見てしまったのだった。

幸い、抱きかかえていた子は忠三郎が財布を持っていたところは見なかったようで、「忠三《ちゆうざ》さん、どうしたの」と怪訝《けげん》な顔で尋ねていた。弥生は、その子に少し辻褄《つじつま》の合わぬ説明をしてやった。腑《ふ》に落ちぬ顔をしていたが、鼻血がとまって稽古場《けいこば》へ帰っても、忠三郎の話をするようすはなかった。

子供達には知られないようにしても、両親には早く話した方がよい。突然の訪問で、寄り合いやら取引相手の接待やらでいそがしい父親には会えないかもしれないが、母親には会えるだろう。祖母もまだ生きている筈《はず》で、商売のいそがしさにかまけて忠三郎と顔を合わせる機《おり》がないらしい父親より、母親と祖母に会う方が、むしろよいかもしれなかった。

店の横にある門をくぐれば、阿波屋《あわや》の出入口があることはわかっていた。藍玉問屋阿波屋の家族やごく親しい人達が出入りするところで、弥生は忠三郎の忘れものを届けた時に、店にいた番頭の案内でその出入口へまわった。格子戸《こうしど》を隠すように篠竹《しのだけ》の植込があって、入りにくい感じがした。

弥生は、店に入った。案内を乞《こ》うと、弥生の顔を覚えていたのだろう、番頭が帳場格子の中から出てきて、店の端に膝《ひざ》をついた。

「ふいにお伺いして申訳ないのですけれど」

と、弥生は言った。

「ご主人かおかみさんはおいででございましょうか。忠三郎さんのことで、ちょっとお話ししたいことがございますので」

　忠三郎のあくたれぶりは、番頭もよく知っている筈だった。が、番頭は、弥生が忘れものを届けにきた時のように、そそくさと店から降り、「どうぞ」と奥の出入口に通じる中庭の方を指さしはしなかった。こめかみのあたりを指先でかきながら、「あいにく」と声をひそめるのである。

「只今《ただいま》、お客様がおみえになりまして」

「あの、大事なお話のお邪魔かもしれませんが、小半刻《こはんとき》ほど私の話を聞いていただけないでしょうか。おかみさんだけでもいいんです」

「それが」

　番頭は、またこめかみを指先でかいた。

「実は、木島先生《きじませんせい》がおみえなのでございます」

「木島先生って」

「はい、手跡指南所の木島昌栄《しょうえい》先生でございます」

　阿波屋の長男千之助《せんのすけ》と、次男の市二郎《いちじろう》が通っていた指南所だった。

「実は、この四月に主人の息子が一人、戻ってまいります。上の息子でございますが、日本橋の糸物問屋で大過なくつとめられましたのも先生のお蔭《かげ》と主人が申しまして、お招きさせていただきましたのです」

わかって下さいましと言いたげに、番頭は弥生の顔をのぞき込んだ。手習いの師匠のいるところへ、別の手習いの師匠が入って行くのも妙なことだと弥生も思ったが、では、こちら様のご都合のよろしい時にと言って帰って行けるような話ではなかった。

「では、少々急ぐお話でございますので、ご隠居様にはお目にかかれませんでしょうか」

「ご隠居様に」

「はい。忠三郎さんは、お祖母《ばあ》さん子だと伺っておりますので」

「少しお待ち下さいませ」

番頭も、店先で帰ってもらってはまずいと思ったのだろう。急ぎ足で母屋《おもや》へ入って行ったが、すぐに戻ってきて、「どうぞお上がり下さいまし」と言った。店から上がってくれというのだった。

忠三郎の祖母のお梅《うめ》は、隠居部屋で待っていた。離座敷と番頭は呼んでいたが、母屋とは廊下でつながっていて、障子《しょうじ》の閉まっている客間とは一番遠いところにあるが、酒が入っているらしい笑い声などはよく聞えてきた。

簡単な挨拶《あいさつ》をすませると、「孫が何か」とお梅の方から尋ねてきた。

その話をしにきたのだが、「盗みを働きました」と単刀直入には言いにくい。弥生は、言葉を選びながら今日の出来事を伝えた。

「何ですって」

しわがれた声が高くなった。

「それでは、忠三郎がお師匠さんのお金を盗んだとでも」

「残念でございますが」

「いくら盗んだのです」

「え？」

「いくら盗んだのかとお尋ねしているのです」

「そんなことを申し上げにきたのではありません」

「わかりました。ここに一両あります。七つの孫が、そんな大金を盗むとは思えませんが、これをお返しします」

「ご隠居様」

弥生は膝をすすめて言った。

「私は、そんなことを申し上げにきたのではないのです。私にさらりと一両お出しになるご隠居様が、お小遣《こづか》いをねだる忠三郎さんにかぶりをふられるとは思いません。忠三郎さんは、充分過ぎるほどお小遣いをもらっていると存じます」

「阿波屋の伜《せがれ》に惨《みじ》めな思いはさせられませんからね」

「ですから心配になって、今日のことをお話にまいりましたのです」

「お師匠さん」

お梅の声が高くなり、弥生は障子をふりかえった。客間の笑い声が聞えるのだから、こちらの大声は向こうに聞える筈だった。さすがにお梅も声を低くしたが、そのかわりに弥生を見据える目は鋭くなった。

「忠三郎は、私の目から見ても、よくできた子ではございません。ですから、女の子のお弟子が多いというお師匠さんにおあずけしたのでございます」

「何ですって」

「ご存じと思いますが、三人の孫のうち、上の二人は木島先生の指南所に通わせました。木島先生のお教えは、むずかしいのです。はっきり申し上げますと、頭のよい子にはよいのですが」

お梅はそこで言葉を切った。あとは察してくれというのだろう。

お梅の言葉の裏を考えるまでもなかった。木島昌栄の噂は、弥生の耳にも入っている。もとは学者で、博識を買われて某藩に招かれたものの、藩の内情を知って嫌気がさし、暇《いとま》を願い出たという。

深川あたりで子供を教えているのはもったいないという評判で、一時は武家の子弟《してい》も通っていたとかいないとか、いずれにしても近辺の大店《おおだな》は、競うようにして息子を昌栄のもとへ通わせていた。

ただ、入ったばかりの子供にも、かなりむずかしいことを教えるらしい。女の子の弟子がいないせいかどうか、教え方も厳しいそうだ。忠三郎が六歳の十月という半端な時に弥生のもとへきた時に、弥生はすぐ、落ちこぼれの子だと思ったものだ。

自分も落ちこぼれだとは思いたくないが、草心と三月《みつき》で別れてしまったことを考えれば、女房としてはそう言えなくもない。多少は共通するところがあり、つきそってきて「主人の母が甘やかしたものですから」と愚痴をこぼした阿波屋の女房に、「大丈夫でございますよ」と請け合ってしまったのだった。

「最後の頼みの綱と思って、相川町まで通わせることにしたのに」

と、お梅は言った。

「孫は泥棒だなどと言ってきなさるなんて」

「泥棒だなどとは言っておりません」

強い口調で言ったが、弥生はなかば諦《あきら》めていた。忠三郎の祖母には、何を言っても通じないにちがいなかった。

それでも、言わねばならぬことは言っておかねばならない。

「私の財布から銭を抜き取ったのは、面白半分でやったことかもしれません。が、その面白半分を繰返しているうちに、とんでもないことになるかもしれないのです」

「うちの孫にかぎって、そんなことはありません」

「そうかもしれません。が、そうではないかもしれないのです」

返事はなかった。

「忠三郎さんのことは、お知らせいたしました。これから私もよく気をつけて見守りますけれども、どうぞおうちでも、申し上げるまでもないことでございますが、ご隠居様も気をつけてあげて下さいまし」

お梅の唇《くちびる》が動いた。何か呟《つぶや》いたようだった。弥生が「お願いいたします」と念をおすと、その声が聞えた。「ひとでなし」と言ったのだった。

「大事な孫を泥棒にするなんて」

言い争うのはむだとわかっていたが、言い返さずにはいられなかった。

「お言葉でございますが、私は、私が見たことを申し上げたのです。今、ご隠居様が言いなすったようなことは、一度も申し上げておりません」

「言わなくても、言ったことになる時もあるんです」

お梅の声は怒りにふるえていた。

「見損《みそこ》ないましたよ。木島先生のように学問をおさめたお人ではないと聞いたから、忠三郎を通わせたのでございますよ。お師匠さんのようなお人なら、ご自分が文字を覚えたてだてで、忠三郎にも教えて下さるだろうと考えましたのです。それなのに、忠三郎が盗みをしたなんぞと言いにこられるなんて」

弥生は絶句した。学問をおさめた者ではないとは、昔から弥生につきまとっていた噂だった。学問がなければ子供達を教えることはできないと言い返したこともあるのだが、どこの先生について学んだのかと尋ねられると、口をつぐむしかない。

弥生は、口惜《くや》しさに唇を噛《か》んで立ち上がった。「お師匠さんのようなお人は、そういう子達を教えていなさればいいんでございますよ」という、お梅の言葉が追いかけてきた。


お蔭様で、算盤だけは達者になりましたよ。

たった今、団子を届けにきた干物売りの女房の言葉だった。

干物売りの一家は、夫婦と女の子二人、男の子一人の五人で暮らしている。干物売りの稼《かせ》ぎだけでは満足な暮らしはできないと、女房のおとくが風車《かざぐるま》や造花の内職をして足《た》りない分をおぎなっているようだった。

それでも、三人の子供を手跡指南所へ通わせるほどの余裕はない。夫婦は、末の男の子を二、三年間通わせて、商売に必要な勘定ができ、仮名文字を覚えてくれればよいと考えているようだった。束脩は百文でも五十文でもいいというお師匠さんがきてくれて助かったと、喜んでくれたのもこの夫婦だった。

が、おとくの言葉には、これまでも幾度か苦笑させられたものだった。言葉遣いを知らぬのかどうか、一番気にしていることを逆撫《さかな》でするようなことを言うのである。

算盤だけは達者になったというのもそのあとに「商売には勘定のできるのが一番だから」とつづけるつもりだったのだろうが、阿波屋の一件があってからは、「算盤だけ」というような言葉が妙にひっかかるのである。

阿波屋の隠居、お梅の言うように、弥生は師匠について学んだことがない。武家や浪人の娘でもなく、神田の大工の娘だった。扇橋町《おうぎばしちょう》で手跡指南所を開いていた饗庭草《あえばそう》軒《けん》と、実父がどこで知り合ったのか知らないが、弥生が五つの時に草軒の養女となることがきまった。

弥生という名は、その時、草軒がつけてくれた。草軒はやさしく、弥生もなついてはいたが、それでも父母や兄や姉と別れ、出かけたこともない深川へもらわれてゆくのは淋しかった。養女の話が弥生の知らぬところできまってしまってから、弥生は泣き暮らしていたものだ。

草軒も浪人者だった。祖父が学者だったようで、学問好きの藩主に召し抱えられたが、お家騒動に巻き込まれそうになって、みずから暇《いとま》を願い出たという。木島昌栄は養父の祖父の履歴を聞き、自分のそれにしたのではないかと思うほどよく似ていた。

深川に住みついた草軒の祖父が、手跡指南所を開いたのは当然だろう。昌栄と同じように、博識の師匠であると評判だったそうだ。

その子、草軒の父は、弥生にもうっすらと記憶があるが、彼の父親のように厳格ではなく、稽古場でも地口《じぐち》を言うような人だった。養父となった草軒は、その人より学問好きだというものの、地口を言うところはよく似ていた。

草軒の妻、浪江《なみえ》は、華奢《きやしや》な軀《からだ》つきの人で、口数の少ない人だった。浪江に裁縫を教わった弥生が、仕立の職人に褒《ほ》められるほどの腕前になると、「お願い」と甘えるように言って奥に入ってしまった。稽古場に出るのが苦痛だったようで、裁縫の師匠の仕事を、弥生になかば押しつけたのだった。

大勢の女の子に裁縫を教えるのは、弥生にとってつらいことではなかった。むしろ浪江のように奥へ引っ込んで、ひっそりと繕《つくろ》いものをしたり、昼の八つに子供達が帰ったあとでの茶の用意をしている方が苦手だった。

浪江が逝《い》き、草軒も病いがちになっても、弥生が指南所を閉めようとしなかったのは、「弥生先生がいい」と言ってくれる子供達が大勢いたからだった。弥生は、子供達が直しを求めてくる文字を、向かい合ったままで直すことができた。朱筆《しゅひつ》で、逆さまの文字を書くのである。

直すのは、子供が間違えた文字だけではない。かたちの歪《ゆが》んでいる文字も、直してやらねばならない。草紙に文字を書いてきた子供と机をはさんで向かい合い、朱墨《しゅずみ》の筆で、子供によくわかるように逆さまの文字を書いてやるのだ。手跡指南所で教える文字は行書《ぎょうしょ》である。楷書《かいしょ》を覚えるには、書家について習わねばならない。

逆さまに書くのは、むしろ楷書の方がやさしいと思う。少年の頃、書を稽古したという草軒は、行書を逆さまに書くのが苦手だったようで、弥生先生がいいと子供達が言い出したのは、弥生の逆さま書きがきれいであったせいかもしれない。

草軒は、ほんとうによい娘を養女にしたと目を細めていた。が、この頃から、弥生の生れについてとやかく言う者が出てきたのである。草軒が風邪《かぜ》をひいて寝込んだ時だった。往来物《おうらいもの》を習っている子供達が帰ったあとで、草軒は希望する子供達に四書五《ししょご》経《きょう》を教えていたのだが、稽古場へ出られる容体ではなかったので、弥生がかわったのは、のだった。

「困ったものじゃありませんか。素読《そどく》をみてくれなすったそうですが、もとは大工の娘さんでしょう？　子供が間違えて読んでも、わかるのかしら」

「それは、五つの時に草軒先生のところへもらわれてきたというんだから、多少はわかるんでしょう。ほら、門前の小僧何とかって言いますから」

「大工の娘だから、手先が器用なんでしょうね。お裁縫がうまかったり、文字を逆さまにきれいに書いたり」

放っておけと、草軒は言った。

「女の師匠が気に入らぬ奴等《やつら》が流した噂だ」

が、弥生が放っておけるわけがない。もとは大工の娘だ、学問のない娘だという噂がひろまるだけならよいが、そんな女に教えてもらいたくないと言い出す者があらわれたら、草軒に迷惑をかけることになる。

「放っておけ」

と、草軒は繰返した。

「手習いの師匠は、昌平黌《しょうへいこう》でまなんだ者でなければならぬというきまりはない。学者をなのる者でなくてはならないというお定めもないのだ。漢書も読め、算盤が達者で、わたしのできぬ裁縫が教えられるそなたが、なぜ子供達の師匠であってはならないのだ」

草軒の言う通り、手跡指南所を開くことについてのきまりはない。寺子屋という名がある通り、在所《ざいしょ》では僧侶が教えることが多いというが、江戸市中では武家、学者、浪人のほか、学問で身をたてようとして地方から出てきた者や学問好きな町人など、さまざまな人が指南所を開いている。僧侶も教えてはいるが、数は少ないだろう。

女が教えている指南所も少なくなかった。だが、ほとんどが、学者の娘か手跡指南所の師匠だった浪人の娘で、弥生が扇橋町にいた頃に会ったことのある両国米沢町《りょうごくよねざわちょう》の女師匠、緒方奈緒《おがたなお》は、御家人《ごけにん》の娘だった。

御家人や蔵米取《くらまいと》りの旗本《はたもと》で、札差《ふださし》に借金のない者はいないと言っていい。つもりつもった借金を清算するために、裕福な商人の伜を高額な持参金つきで養子に迎え、実の子を廃嫡《はいちゃく》してしまう家もめずらしくなかった。

緒方奈緒の家も、御家人の株を商人の息子に売り渡していた。商人の息子を、奈緒の姉の聟《むこ》に迎えたのである。両親は屋敷に残っているらしく、奈緒は祖母と暮らしていた。祖母は、御家人株を売り渡したのが情けないと泣き暮らしていたらしい。奈緒は、祖母をなぐさめながら、自分が商人の養女となる手続きをとっていたのだそうだ。

「にわか師匠でございますので」

と、奈緒は笑って言った。

「ほら、子供達が書いた文字を、朱墨の筆で直してやりますでしょう」

「お直しですか」

「それそれ。私、まだ文字を逆さまに書けないのです」

奈緒は笑いつづけていたが、弥生の頬《ほお》はひきつれた。

逆さまの文字が書けなくても、奈緒の評判はよい。裁縫のほかに薙刀《なぎなた》も教えてくれるというので、米沢町界隈《かいわい》にある大店の娘までが通っているというのである。

弥生は、ふさいだ気持で扇橋町へもどった。大勢の子供に文字を覚えさせるには、文字を逆さまに書く技は、ぜひとも必要なものだった。子供達の差し出す手習い草紙をいちいち自分の方へ向けなおし、朱筆で訂正をしたものを子供に見せ、こうなるのだと説明していては、昼前にすべての子供の文字を見てやれなくなることも起こるのである。

それでも、奈緒の評判はいい。だが、一度だけ文字の向きを間違えてしまった弥生は、「大丈夫なのですかねえ、お師匠さんが大工の娘でも」と、陰口を叩《たた》かれているのだ。

間違えたのは、草軒が長患《ながわずら》いの床についた時だった。呼ばれたような気がして筆を持つ手がおろそかになり、つい、自分の方へ向けて文字を書いてしまったのである。いったい自分は何が不足しているのだろうと思う。学問は、奈緒にくらべてそれほど劣るとは思えない。

五歳で草軒の家へもらわれてきて、六歳の春を迎えるとすぐ、草軒の弟子となった。学問は面白く、師匠の養女であるのを幸いに、子供達が帰ってしまったあとに特別の講義をねだったこともある。草軒は目を細めて、妻に「もうお夕飯でございますよ」と言われるまで、『論語《ろんご》』や『左氏春秋《さししゆんじゆう》』などを読み、その解釈を聞かせてくれたものだった。

その上、患いついてからあの世へ旅立つまでの間、草軒は子供達が帰ると弥生を病間へ呼び、自分が知っていることをすべて吐き出してしまうような勢いで講義をした。縁談が幾つもあったのに弥生を手放さなかったことを詫《わ》び、そのかわりにという講義だった。

弥生の学問は、うぬぼれの部分を差し引いても、奈緒に負けていない筈だ。裁縫は奈緒よりうまいかもしれないし、薙刀はできないが、逆さまの文字は見事に書ける。

奈緒とちがうのは、奈緒が御家人の娘であり、弥生が大工の娘であったというところだけではないか。では、大工の娘のどこがわるいのか。どこが気に入らないのか。御家人は、借金をしなければ暮らしてゆけない。世の中のしくみがそうしなければ暮らしてゆけないようになっているので、気の毒だとは思うが、大工は、自分の腕一つで立派に暮らしているのである。大工の実父は、金貸に泣きついたことなどない。

だが、夫となった草心さえ、「やっぱり大工の娘だな」と、唇をゆがめて言ったのである。弥生が、楷書の文字はうまく書けないと打ち明けた時のことだった。

「手習いでは楷書を書かぬゆえ、それでもよいが」

弥生は黙っていた。草心が、草軒の聟養子にという頼みに、なかなかうなずかなかった理由がわかったと思った。弥生が大工の娘であるということが、気に入らなかったにちがいなかった。

草心は、草軒の遠縁に当る男だった。父親は学者であるといい、草軒は早くから弥生の聟にと望んでいたらしい。弥生に幾つもあった縁談を断ったというのも、草心と弥生に、父と呼ばれたかったからなのかもしれなかった。

なかなか承知せぬ草心を、草軒がどう説き伏せたのかわからない。草心が扇橋町の家にきたのは草軒が思いついてからのことで、今思えば、草心の父に宛てた手紙を幾度か町飛脚に頼んだことがある。草軒は弥生の行末を案じて、何卒《なにとぞ》よろしくと書き送っていたにちがいない。

当時の草心は、友之助《とものすけ》といった。すらりとした軀つきの、もの静かな男だった。が、弥生は一見して、とりつくしまのないようなつめたさを感じ、草軒の言う通りに夫婦《めおと》となるのは気がすすまなかった。

「口数は少ないが、わるい男ではない」

と、草軒は繰返し弥生に言った。弥生が草心を好いていないと勘づいていたのかもしれないし、息のある間に弥生の花嫁姿を見たいという自分の望みを叶《かな》えたかったのかもしれなかった。

悩みに悩んだ末、弥生は草心と祝言《しゅうげん》をあげた。「わるい男ではない」という、草軒の言葉を信じようと思ったのだった。

草軒は、その一月後《ひとつきご》に「幸せになってくれ」と言い残して他界した。草心もその時は、よい夫婦になると誓ってくれたのだが、二人の仲は時がたつにつれてわるくなった。草心は、時折弥生を一瞥《いちべつ》し、鋭い刃物で突き刺すような言葉を口にするのである。

「やっぱり大工の娘だな」も、その一つだった。

「幼い頃から学問にはげんだ者と、養父が手習いの師匠だったという者と、一緒にされてはたまらぬわ」

草心がそう言った時、弥生は離縁を申し出た。草軒が逝って、わずか二月《ふたつき》めのことだった。草心も、弥生がそう言い出すのを待っていたようで、すぐに離縁状を書いてくれた。

弥生は、草軒の位牌《いはい》と何冊かの本を持って扇橋町の家を出た。母も姉も他界して、兄夫婦が父の面倒をみている神田の生家へは帰れず、たまたま出会った英盛堂の主人が相川町の空家《あきや》を探してくれなかったならば、ずっと旅籠《はたご》暮らしをつづけていたかもしれない。

「でも」

弥生は、干物売りの女房が踏んで行った庭の桜草を見た。

「あの時、思いきって兄さんとこへ帰ってしまった方がよかったんじゃないかしら」

女房と三人の子供のほかに父親の面倒をみている兄が、何年も会っていない妹が戻ってくるのを喜ぶわけがない。いや、会えたことは喜ぶかもしれないが、一緒に暮らしてくれとは思わないだろう。一緒に暮らしはじめれば、兄も父も嫂《あによめ》も、弥生も、みな気まずい思いをする筈なのだ。が、それだけに、兄も父も嫂も、早く弥生に出て行ってもらおうとして、嫁ぎ先を懸命に探すのではないか。

兄や父の「うちの出戻りを何とかかたづけたい」という冗談まじりの言葉に、近所の人達は、「そうだねえ、みんな肩をすぼめて暮らすようになっちまうものねえ」と納得し、あちこちで「こういう人がいるんだけどねえ」と言ってくれたと思うのである。

「兄さんとこへ帰って、お嫁に行けばよかった」

大工の娘は、亭主につくすことを知っている。草心にも、せいいっぱいつくしたつもりだった。大工の娘を喜んで迎えてくれるような人達、たとえば女房に先立たれて困っているような人達は、弥生の気遣いをわかってくれるにちがいなかった。周囲の人達も、前妻の子供の面倒もよくみる見上げたお人だと弥生を褒めそやし、決して見下すようなことはなかったにちがいないのである。

「お師匠さん、たびたびすみません」

おとくの声だった。また、断りなしに庭へ入ってきたらしい。

「あの、伜を二人、お師匠さんとこへ通わせたいという人がいるんですけどさ」

「どうぞ、東脩のことは気にせず、まず連れておいでなさいと、そう言ってあげて下さいまし」

「それが、そういくら言っても本気にしないんですよ」

弥生は手鏡をのぞき、涙のにじんでいた目を手拭《てぬぐ》いで押えてから縁側へ出て行った。おとくのうしろに、同じような黒っぽい着物の女がたっていた。女髪結《おんなかみゆ》いで、女手一つで育てている倅を手習いに通わせたいのだという。

「わたしのような商売の女に育てられたものだから、ろくに字も書けないなんて言われるようになってはいやだと思ってたんですよ。でも」

「でも、束脩が気になってたんだろ」

と、干物売りの女房が言う。

「中島町澪通《なかじまちょうみおどお》りの木戸番《きどばん》小屋へ行けば、笑兵衛《しょうべえ》さんが字を教えてくれるって教えてあげたんですけどね。木戸番の笑兵衛さんは、夜の間に働いて昼間に眠ってるのに、起こしちゃいけないって言うんですよ。始終、差配《さはい》の弥太右衛門《やたえもん》さんと将棋をさしてるのにさ」

中島町の木戸番の噂は、弥生も耳にしていた。相川町へ越してきてからも、佐賀町へ出かけることはあっても中島町へは行ったことがないので、木戸番夫婦にはまだ会ったことがない。もとは武士だったとか、日本橋の大店の主人だったとか、いずれにしても品のよい夫婦で、界隈の人達は困ったことが起こると知恵を借りに行くという。

「笑兵衛さんが字を教えてくれるってことは、知らないわけではなかったんですけど」

と、女髪結いは上目遣《うわめづか》いに弥生を見た。

「笑兵衛さんはお武家だったんで、いろんなことを知ってなさるんです」

大鉈《おおなた》が振り下ろされたような気がした。女髪結いは、弥生が唇を嚙みしめていることに気づかないらしく、自分の事情を話しつづけていた。

「でも、わたしは、倅を手習いのお師匠さんとこへ通わせてやりたいんです。追い出した亭主に、ざまあみろ、わたし一人でも手習いに通わせてやることくらいできるんだと言ってやりたいんです」

手習いの師匠となのっていれば、大工の娘でもいいと言いたいのか。

「下の子は六つですが、上の子はもう八つです。口のきき方も乱暴で、ご面倒をかけると思いますが、わたしが用意できる束脩は、二百文しかありませんのです」

「どうぞ、ご都合のよい時に、お子達をお連れ下さいまし」

「ほんとにいいんですか、二百文で二人を弟子入りさせるんですよ」

充分です、大工の娘ですから。

「有難うございます。では、明日は髪結いの約束がありますんで、明後日連れてまいります」

「よかったね、おえいさん」

肩をならべて帰って行く女達を見送りながら、明日、子供達の帰ったあとで中島町へ行ってみようと思った。

昨日、おとくと女髪結いのおえいが帰ってから、阿波屋からの使いがきた。手代《てだい》らしい二十一、二の若者で、忠三郎がやめるということづけと、これまでの礼という金包みを持ってきた。

手代に何の罪もないとはわかっていたが、弥生は、手代に謝礼の金を押し返した。手代はうろたえて、うけとって帰ったなら叱《しか》られると言った。その通りだろうと思ったが、弥生もうけとれなかった。

「私は何のお役にも立ちませんでしたからと、ご隠居様にお返しなすって下さいまし」

金を手代の膝にのせると、手代も覚悟したようにうなずいた。お梅の、あくたれで手がつけられないから忠三郎を弥生にあずけたという言葉が、まだ胸の中でささくれだっていた。

弥生は、着替えをすませて稽古場に入った。机を隅に片付けた稽古場には、ゆるやかな陽《ひ》が射《さ》している。考えてみれば、六歳になったばかりで机の前に坐《すわ》ってから、ずっと稽古場に出ていたのだった。稽古場のほかを知らずに育ったと言ってもいい。

庭では陽炎《かげろう》が揺れている。深川は川や堀割が多く、出水騒ぎも多い土地で、地面も水を含んでいるのかもしれない。陽射しも、冬の白々《しらじら》としたそれとちがって、黄色みを帯びているようだった。

はじめて木戸番夫婦をたずねるのである。手土産を持って行かねばならなかったが、手文庫をあけると、銭緡《ぜにさし》の藁《わら》にさした百文しか入っていなかった。

この百文を遣ってしまうと、米が買えなくなる。食べずに楊枝《ようじ》を使う武士のような見栄《みえ》をはるのもばかばかしくて、とりあえず木戸番のようすを見てくることにした。

凪がやんでいる外は、弥生が思っていた以上に暖かかった。道がかすんで見えるのは、陽炎がたっているのだろうか。

ふと、阿波屋のことも、干物売りの女房の言葉も、どうでもよいような気がした。木戸番の笑兵衛が貧しい子に文字を教えてやって、武家の出なので物知りだと言われていてもかまわなかった。

どうせ、わたしは大工の娘だと思った。草軒にもらわれなければ、手習いに二、三年通って、うまくゆけば大店へ行儀見習いを兼ねた奉公にいって、実父のように腕のよい大工か建具職人《たてぐしよくにん》の女房になって、手跡指南所の稽古場とは縁のない暮らしをする筈だったのである。

指南所は閉めようと思った。明日というわけにはゆかないだろうが、一月後には、子供達も別の指南所へ通えるようにしているだろう。

気がつくと、仙台堀《せんだいぼり》の枝川《えだがわ》にかかる橋の上にいた。枝川が大島川《おおしまがわ》と一緒になって隅田川《すみだがわ》へそそぐところで、橋の上に立っていると、水の音はこんなに大きかったのかと驚かされる。

指南所を閉めたあとは、どうなるかわからない。わかっているのは、ひとりぼっちになることだけだ。いや、陽炎のたつ道をふりかえってみても誰もいず、弥生は、子供達やその親達にかこまれていると思いながら、ひとりぼっちで稽古場に坐っていたのかもしれないのだ。

橋を渡り終えれば、木戸番小屋の前に出る。が、笑兵衛に会う気も失せて、弥生は踵《きびす》を返した。

「あの、もし」

自分が呼ばれたのではないと思ったが、何気なくふりかえった。太って色の白い女が、木戸番小屋の前に立っていた。木戸番の女房の、お捨《すて》という女にちがいなかった。

弥生を見ているようだったが、お捨が弥生を知っているわけがない。歩きだそうとすると、お捨のものらしい足音が追ってきた。

「あの、もしかして、道にお迷いなすったのではありませんか」

弥生は、眉間《みけん》に皺《しわ》を寄せてふりかえった。お節介《せっかい》な女だと思った。

「いいえ、このあたりに住んでいる者です」

「ま、失礼をいたしました。わたしは、そそっかしいくせにお節介なものですから」

えくぼのできる、ふっくらとした手を口許《くちもと》にあてて、転がるような声で笑う。甲高《かんだか》いと言ってもよいような声なのだが、声にも、手を口許に当てているしぐさにも品があり、武家の出であるとか、日本橋の大店の主人夫婦だったという噂も、まったくのでたらめではないと思えた。

が、木戸番となっているからには、藩主から暇を出されたとか店を潰《つぶ》してしまったとか、大きな失敗をして、中島町へ辿《たど》り着いたにちがいない。失敗した人達をなぜ、この界隈の人達が頼りにしているのか、弥生にはわからなかった。

「いい陽気になりましたねえ」

と、お捨は言う。弥生はかたい表情のままだった。が、空を見上げているお捨が、次第に美しく見えてくるのが不思議だった。

「この分なら、明日もお天気でしょうね。さっきまで、うちの前にある自身番屋のところに陽炎がたっていたんですけど」

弥生は、また眉根に皺を寄せた。お捨と世間話をする暇はないと思った。

「失礼いたします。用事を思い出しましたので」

歩き出そうとした目に、ゆるやかに曲がっている道を急ぎ足で歩いてきた女が、「お師匠さん」と声を張り上げた。女髪結いのおえいだった。

「あら」

お捨が微笑した。

「相川町のお師匠さんでしたか」

「ええ」

「橋の向こうも相川町ですけど、北の方の相川町にお住まいなんでしょう。この間、おえいさんがうちへきて下さって、お師匠さんの話をしてなさいましたけど」

答えに迷っているうちに、おえいが橋の上にきた。

「すみません、お師匠さん。仕事が早く終ったものだから、伜を連れて行ったんですけど」

「まあ、ごめんなさい」

「いいえ、こちらが約束を破ったんですから。ほんとに二百文の束脩でいいのかどうか、心配になっちまって押しかけたんです」

「二百文そろわなかったら、百文でも五十文でもかまいませんよ」

「でも、それじゃお師匠さんが食えなくなっちまうから」

と、おえいは言って、額《ひたい》や衿許《えりもと》ににじんできた汗を拭《ぬぐ》った。

「二百文でも大助かりなんですよ。ほんとに有難《ありがと》うございます。昨日も干物売りのおかみさんのおとくさんと話してたんですけどね、深川の手習いには、お師匠さんのようなお人がいいんです」

どうせ大工の娘ですからと、胸のうちで呟こうとした弥生をお捨の声が遮《さえぎ》った。

「ほんとにそうですよねえ」

弥生は、お捨をふりかえった。お捨は、頬にもえくぼをつくって微笑《ほほえ》んでいた。

「実を申しますとね、おとくさんとこの伜さんには、うちの笑兵衛が文字を教えていたんです。でも、面白くないからいやだと言われてしまって」

「笑兵衛さんは、物知りなんだけどねえ」

「でも、だめ。無口で頑固《がんこ》で、教え方を知らないの。おえいさんだって、おとくさんの伜さんが逃げ出したと聞いて、うちへくるのをおやめになったんでしょう」

「それはそうなんですけど」

おえいはうつむいて、聞きとりにくい声で言った。

「お師匠さんとこへ行ってから、おとくさんとこの伜は、みるみる算盤が達者になったって聞いたんで。うちや、おとくさんとこの伜は、むずかしい字が書けるようになるより、算盤がうまくなる方がいいんですよ」

「うちの笑兵衛じゃだめってこと？　やっぱり」

お捨は、先程と同じ転がるような声で笑い出した。

「そりゃね、こんなことを言っては何だけど、お師匠さんは大工の娘だっていうから、このあたりの伜に何を教えればよいかって、よくわかっていなさるんですよ」

弥生は黙っていた。今、弥生の右にはおえいが、左にはお捨がいた。おえいと目を合わせるのが恥ずかしく、北の相川町へ曲がって行く道へ目をやった。陽炎はもうたっていず、八つ下がりの陽がただ明るかった。

第三話　たからもの

木戸番《きどばん》は、夜廻りと夜中のやむをえない通行人を通してやるのが主な仕事で、昼に寝ていなくては軀《からだ》がもたない。軀は誰よりも頑丈にできていると自慢している笑兵衛《しょうべえ》も、例外ではない筈《はず》だった。

が、木戸番小屋にはよく客がくる。長屋の差配《さはい》、弥太右衛門《やたえもん》のように、将棋《しょうぎ》をさそうと笑兵衛を誘いにくる者ばかりではなく、気晴らしにお捨《すて》と世間話をしたいと言ってくる者もいる。賑《にぎ》やかで嬉《うれ》しいのだが、笑兵衛の眠りの足《た》りなくなるのが心配だった。

このところ、しばしばたずねてくるおすがは、そのあたりをよくわかってくれているらしい。「笑兵衛さんを起こしては申訳ないから」と、昼の八つ半くらいに遊びにきて、店先にいるお捨に、「大丈夫」と目顔《めがお》で尋《たず》ねてから小屋の中へ入ってくるのである。

今日は、「笑兵衛さんのおめざに」と、みめよりという菓子を持ってきてくれた。金鍔焼《きんつばやき》に似たみめよりは笑兵衛の好物で、何かの機《おり》にそんな話が出たのかもしれない。

それと、笑兵衛は八つ頃に起きると、これも何かの機に話したのだろう。それならばと、わざわざ買ってきてくれたらしいのだが、肝心《かんじん》の笑兵衛は朝飯を食べ、湯屋《ゆや》へ行って一刻《いっとき》ほど眠ると、「昨日の敵《かたき》を討つ」と言って向かいの自身番屋《じしんばんや》へ出かけて行った。将棋をさしに行ったのである。

「ほんとにもう笑兵衛ときたひには、仕事がすんだら眠ってくれと、いくら頼んでもきかないいんですよ。将棋となると夢中になってしまって」

お捨はそう言って苦笑いをしたのだが、おすがは真顔でかぶりを振った。

「将棋くらい、大目にみておあげなさいましな。人に迷惑をかけるわけじゃなし」

「ま、亭主はいない方が気楽ですけれども、年齢《とし》ですからねえ。自分はまだ若いつもりで、一晩や二晩、眠らなくっても平気だと威張《いば》っておりますが、そう言っている最中《さいちゅう》に目をしょぼしょぼさせているんですもの」

「いいえ、笑兵衛さんはお若《わこ》うございますよ。とうていお年齢《とし》には見えない。それなのに、楽しみは将棋だけというんですから」

羨《うらや》ましいと、おすがは言いたかったにちがいなかった。

おすがは亭主の五十吉《いそきち》と、夕月《ゆうづき》という料理屋をいとなんでいたという。

「浅草《あさくさ》の今戸町《いまどちょう》でね、それこそ二日の月のように狭い店だったんですけど」

亭主が板前を兼ね、小僧一人と女中一人を使って、なかなか繁昌《はんじょう》していたらしい。が、十年ほど前から、五十吉の女遊びが激しくなった。一人と縁を切るとすぐに次の女といった風で、おすがは辛抱《しんぼう》しきれなくなったらしい。一人息子の巳之助《みのすけ》は浅草《あさくさ》並木町《なみきちょう》の料理屋で修業中だったが、彼が板前となったのを機に別れることをきめ、去り状をもらって店を出た。四年前のことだったそうだ。

おすがが店を出るとすぐ、その時の相手だった女が家に入り、夕月の女将《おかみ》におさまったというが、「五十吉は熨斗《のし》をつけてくれてやってもいいんですけどねえ」と、おすがは笑った。

「たまに、ざまあみやがれと思ったりもします。あの女で五十吉の浮気のやむわけがないと思っていたら、案《あん》の定《じょう》」

うふふ、と笑ってから、おすがは「いまだに夕月が気になるわたしも、ばかですけど」と言った。

亭主は魚売り、おすがは枝豆売りや卵売りからはじめて店を持ったというのである。さまざまな未練もあるだろうし、おすがが出て行くのを待っていたように店へ入ってきた女が憎らしくなる時もあるにちがいない。「ええ、今戸焼まで憎ったらしいです」というおすがの気持も、わからないではなかった。

「五十吉には未練なんざないんですけどねえ」

「ほんとうに、そうなの」

「ええ。女で汚れているような気がして」

「まあ」

「でも、店には未練があるんです。苦労して手に入れた店ですから」

「そりゃ、そうでしょうとも」

「あの女、ええと何ていいましたっけね、あんまり口惜《くや》しいから名前も忘れるようにしていたんですけど、そうだ、お梅《うめ》だった、お梅に店のきりもりなんざできやしないと思っていたんですよ。そうしたら、これも案の定」

おすがは唇《くちびる》を噛《か》んだ。店には未練があると自分でも言っていたが、今のおすがは、五十吉と苦労して手に入れた店というより、自分一人で繁昌させた店といった気持になっているのだろう。一人息子は浅草並木町の料理屋で一人前になったようだが、もう一人の息子がうまくゆかないと、夕月の不評に苛《いら》立《だ》っているのかもしれなかった。

「昔からの知り合いに、それとなく尋ねてみましたけど、みんな口を濁《にご》すんですよ。うまくいってるのなら、口を濁すことはありませんからねえ」

その通りにちがいなかった。

「それでねえ、お捨さん」

と、おすがは真剣な顔でにじり寄ってきた。

「引っ越してきてから一年もたたないものですから、このあたりのことは、まだようすがわからないんです。で、お力をお借りしたいんですけど、わたしが働けるようなところはありませんかねえ」

「そうですねえ。急には思い当るところがないのですけれど」

「贅沢《ぜいたく》は言いません、と言いたいんですけど、なるべく稼げるところがいい。ちょいとばかりお金をためたいんです」

お捨は首をかしげた。番小屋へ遊びにくるようになって二度めか三度めの時、おすがは五十吉から、四、五年は遊んで暮らせるくらいのものはもらったと言っていた。深川《ふかがわ》へ越してきたのも、店賃《たなちん》が安かったからだと笑っていた筈である。が、別れてから五年めになるし、多少手許《てもと》に金が残っているとしても、これから先のことを考えると不安になるのかもしれなかった。

「そりゃね、四十を過ぎた女の働くところなんざ、そうそう見つからないとわかっています。でも、わたしゃ稼ぎたいんです」

ふっと気がついた。おすがは、夕月を買い取ろうとしているのではないだろうか。

おすがは、口許《くちもと》に手を当てて笑った。おすがが女将をつとめている間に、身についた癖《くせ》のようだった。

「その通りなんですよ、お捨さん。今のままなら、近いうちに夕月は暖簾《のれん》をおろします。それをわたしが、居抜《いぬ》きで借りようと思っているんです」

地主は上州《じょうしゅう》にいて、家主も板橋宿《いたばしじゅく》にいるとかで、双方とも暮らしには困っていないらしい。江戸にいる差配は、夕月の前に入っていた料理屋も味が垢抜《あかぬ》けていないなどの評判で暖簾をおろし、二年間も借り手がなかったと言って、店を安く貸してくれたそうだ。

「そのかわり、店をずいぶん手直ししたので大変だったんですけどね」

おすがが采配《さいはい》を振るって間取りを変え、唐紙《からかみ》や障子《しょうじ》も張り替えたのだそうだ。その店を、亭主の浮気の相手に渡し、一人で出てきたのである。その時の気持は、口惜しいとか情けないとかの言葉では言いあらわせないだろう。

「ま、昔のことはどうでもいいんですけど。そんなわけで、今度も安く借りられると思います。料理人にはうちの伜《せがれ》がいる。ただ、ちょいとの間《ま》でもお梅が坐《すわ》った帳場は隅から隅まで直したいし、唐紙だって障子だって、できれば雨戸《あまど》だって取り替えたい。それにお金がかかるんですよ」

だから働きたいということなのだろうが、おすが自身も言っていたように、四十過ぎの女の働く場所はそれほど多くないだろう。かつてのような物売りのできる年齢ではないし、かといって、裁縫《さいほう》が達者というわけでもない。料理屋や縄暖簾では働けるだろうが、三十五、六かもしれない女将が、自分より年上の女を雇うだろうか。

弥太右衛門に聞いてみようかと思った。ここで生れ育った弥太右衛門なら、幼馴染《おさななじ》みに料理屋の女将がいるかもしれなかった。

そう思いついた時に、弥太右衛門の女房の声が聞えた。お捨は怪訝《けげん》な顔をした。番小屋へまったく遊びにこないというわけではないが、今日は弥太右衛門が自身番屋に詰めている。そんな時は、弥太右衛門にかわって店子《たなこ》の相手をしているのか、あまり出かけてこないのだ。

しかも、子供の泣き声が聞えた。お捨が土間《どま》へ降りようとすると、「いえ、あれはきっと」とおすがが呟《つぶや》くように言って踏石《ふみいし》の下駄《げた》をつっかけた。

「あ、おすがさん、やっぱりここにいなすったかえ」

「申訳ない。うちの孫がどうかしましたかえ」

「どうかしたかも何も、ありゃしないよ」

子供の泣き声はまだ聞えている。おすがには、五歳になる男の子と二歳になる女の子の二人の孫がいた。上の子は、巳之助が一人前になる前につきあっていた女に生ませてしまったようで、巳之助が家を借りるまで、おすがが面倒をみていたという。

おそらく二人で遊びに出て迷子になったのだと思ったが、日頃温厚な弥太右衛門の女房が、怒りをおすがにぶつけるように声を張り上げている。

「まったく呆《あき》れたもんだよ、いくら若いったって、自分の子供だろうが。おすがさん、お前の伜さんが離縁しなすったのをご存じかえ」

「いえ、そんな、まさか」

お捨もいそいで下駄をはいた。

「仲があまりよくないことは知っていましたけど」

「ゆうべ、どういうわけで喧嘩《けんか》になったのかは知らないけれど、伜さんがおかみさんを殴《なぐ》ったんだってさ。それで、別れるということになったってところまではわかるけど、おかみさんは、お前んとこへ子供達を連れてきたんだよ。ゆうべは子供を連れて出て行くと言ったけど、こんな小さいのを連れていちゃ働くこともできない、だからお祖母《ばあ》ちゃんに面倒をみてもらいたいって」

おすがも何と言ってよいかわからなかったのだろう。しばらく間をおいてから、「すみません」と言った。が、それだけでは、弥太右衛門の女房の怒りはおさまらないようだった。

「まったく、子供を何だと思ってるんだろうねえ。欲しいと思ったから生んだんじゃないのかえ。可愛《かわい》いと思ったから、育てていたんじゃないのかえ。それを何だい、足手まといになるからお祖母ちゃんのところへ置いてゆくっていうんだよ」

「すみません」

「それも、おすがさんのいる時ならいいよ。隣りのおすがさんとこで子供の泣く声が聞えるから、何だろうと思って出て行ったら、すみませんが、お祖母ちゃんが帰ってくるまであずかっておくんなさいだもの。呆れてものが言えやしない」

「すみません」

おすがは、いったい幾度「すみません」という言葉を口にしただろう。が、それ以外の言葉は、お捨にも思いつかなかった。

子供達をもう一度弥太右衛門の女房にあずかってもらい、客がいなくなる頃に、並木町の料理屋へ巳之助をたずねて行くつもりだった。父親は女房を捨てたが、伜の巳之助は女房に捨てられたのかと思うと、情けなさに胸が痛くなった。

が、弥太右衛門の女房は、女の一人歩きを心配したらしい。いくら平穏だ無事だといっても、夜道は物騒《ぶっそう》だというのである。

それならばと、自身番屋から帰ってきた弥太右衛門が一緒に出かけてくれることになったのだが、子供達は、またおいてけぼりにされると思ったにちがいない。おすがにしがみついて泣き出して、すぐにみやげを持って帰ってくるからと宥《なだ》めても、おすがの腰や足にまわした手を離そうとしなかった。

それでもむりやり引き離した時に、案内を乞《こ》う声がした。子供達が「お父《と》っちゃん」と叫んだ通り、巳之助の声にちがいなかった。女房のおすえが深川へ行ったことはわかっていたので、後片付けを年下の者にまかせて出てきたのだという。

「まったくもう。別れるなら別れるでもいいから、一言、知らせにきてくれたっていいじゃないか」

「その暇《ひま》がなかったんだよ。ふいに別れるって言い出したんだから」

「何を言ってるんだい、お前が間抜けなんだよ。あっちは、いつ別れようかと、きっかけを探してたにちがいないんだ」

弥太右衛門と女房が、出入口で大声はよくないと言ったが、それよりも子供達が気になった。母親に置いて行かれたあたりから、異常なことが起こっていると気づいていたのだろうが、今また父親が祖母に怒鳴られているのを見て、幼いなりに心配しているらしいのである。ことに上の子は、ひきつけを起こしかねないほど震えていた。おすがは隣りの仕舞屋《しもたや》を借りているので、半刻ほどあずかってくれと弥太右衛門夫婦に頼むつもりだったが、このようすでは、たとえ隣りでも頼みにくかった。

　子供達のようすは、弥太右衛門夫婦の目にも映《うつ》っていたのだろう。弥太右衛門が二階を指さした。二階へ行くのなら、子供達も納得するだろうと言っているのだった。その方がいいかもしれないと、おすがも思った。泣き声が大きくなったら二階から降りてきて、二人を宥めてから、ふたたび巳之助の話を聞けばよいのである。

「幸吉《こうきち》」

　と、おすがは兄の方を呼んだが、妹のおちよも兄に負けずに走ってきた。おすがは、おちよに頬《ほお》ずりをしてやってから、幸吉の肩に手をおいた。

「いいかえ。おちよが泣き出したら、お祖母ちゃんは二階にいるよと、お兄ちゃんが教えてやっとくれ。お祖母ちゃんは、お父っちゃんとだいじなお話があるから二階へ行くけれど、すぐに降りてくるからね。そしたらお祖母ちゃんと一緒におうちへ帰って、おねんねしよう」

幸吉は、べそをかいたような顔でおすがを見たが、おすがのうしろにまわって、おんぶをねだっているようなおちよの手をとった。しぶしぶ承知したようだった。

弥太右衛門夫婦に目で礼を言って、二階へ上がるなり、おすがは巳之助に言った。

「まったく親子で夫婦別れだなんて、冗談にもなりゃしない。おまけに、女房が出て行くってところまで同じだなんて」

「すまねえ。が、おっ母《か》さん、怒ってばかりいねえで坐りねえな」

坐ったが、腹の虫はおさまらない。

「お前も女をこしらえたってんじゃないだろうね」

巳之助は苦笑した。

「残念だが、ちがうよ。おすえの方が、男を追いかけて行った」

「情けない。捨てられたのかえ」

「ま、俺《おれ》と夫婦になる前からの男だからな」

「それで、子供を置いてったというわけか。お前も、大変な女にひっかかったものだ」

「面目《めんぼく》ねえ」

おすがは、巳之助を見据《みす》えた。

「これから、どうするんだよ」

「どうするって」

「わたしだって子供はあずかれないよ」

「どうしてさ」

「働くからさ」

巳之助は、怪訝そうな顔をした。

「おすえが出て行ったんだぜ。おっ母さんが俺のうちへきてくれりゃ、贅沢はできねえかもしれねえが、食うに不自由はさせねえよ」

「いやだね。そんなことを言ってるから、女房の焼けぼっくいに火がつくんだよ。女房のいなくなったあとに、おふくろを呼んで、それで、めでたしめでたしじゃ情けないだろ」

「じゃあ、どうしようってんだ」

おすがは、いったん口を閉じた。巳之助と五十吉は、仲がよい父子《おやこ》だった。並木町で修業している間も、五十吉に相談をしにきたことがあり、五十吉も何のために並木町で修業をしているのだと叱《しか》りながら、多少のことは教えてやっていた。

おすがが家を出たあとも、巳之助が五十吉に会っていないとはかぎらない。おすがが夕月を自分の店にしたいと考えていると、打ち明けないともかぎらないのである。

が、巳之助の方から「夕月かえ」と言い出した。

「あそこは、もうだめだな。親父も嫌気《いやけ》がさしている」

おすがは黙っていた。やはり、巳之助と五十吉は会っているようだった。

「お梅の客あしらいが、ひでえんだよ。俺は十年もここへ通っているのに、この扱いは何だと言って帰っちまった客もいるらしい」

「ふうん」

「おすがが帰ってこねえかなって言ってたよ」

「おお、いやだ」

おすがは大仰《おおぎょう》に身震いをしてみせた。

「誰が帰るものかね」

「そう言うだろうと思ったから、親父にも諦《あきら》めろと言っといたよ」

「お前も気がきくね」

「女は、嫌いと言い出したら何があっても嫌いだものな」

「それまで辛抱してるからだよ。嫌いと口に出す時は、お腹《なか》ん中のものが噴《ふ》き出す時なんだから」

「ふうん」

「それで、夕月の話なんだけど」

と、おすがは声をひそめた。

「いつ頃、暖簾をおろしそうだえ」

「さあ」

巳之助は首をかしげたが、「俺の見たところ、一年はもたねえな」と言った。

さすがに何も言えなくなった。五十吉と行商《ぎょうしょう》からはじめて店を借り、あれほど繁昌させたのに、お梅が帳場に坐るようになって、五年ともたずに暖簾をおろそうとしているのである。もし、あの店を他人が借りるようになり、繁昌させてしまったなら、雨の中を枝豆や卵を売って歩いた苦労はどこへ行ってしまうのか。

「働かなくっちゃ」

と、おすがは言った。

幸吉もおちよも可愛い。ことに幸吉は、巳之助が並木町の店に住み込んでいた時に生れた子で、気に入らぬ嫁ではあったが、おすえを夕月にひきとった。夜泣きする幸吉を抱いて外へあやしに出たり、乳の出がよくないのを見て貰《もら》い乳《ちち》にまわったり、ぼんやりと我が子を眺めているだけのおすえにかわって、母親の役目をつとめてやったものだった。

だが、夕月も可愛い。おすが達の前の料理屋は客がつかず、場所がわるいと暖簾をおろしたというのに、おすが達は、ふらりとやって来た客を断らねばならないほど繁昌させたのである。

「夕月だけは、人の手にゃ渡したくない。そりゃ新月とでも名前を変えて店を出すには、わたしが働いてためるおあしなんざ、水甕《みずがめ》の水の一雫《ひとしずく》にもなりゃしないさ。でも、おあしを借りるのは、一文《いちもん》でも少ない方がいいんだよ」

「それじゃ幸吉やおちよは、誰が面倒をみてくれるんだ」

知るものかとは言えなかった。両手を置いた幸吉の肩の薄さや、背後にまわっておんぶをねだったおちよの感触は、掌《てのひら》にも背にも残っているのである。

「わたしがみてやるのが一番いいとは、わかってるよ。わかってるけど」

「頼むよ、おっ母さん」

巳之助は、おすがの前に両手をついた。

「頼むよ。俺が腑甲斐《ふがい》ないことは、俺にもわかってる。が、おっ母さんが面倒をみてくれなかったら、俺は、並木町の店をやめにゃならねえ」

「やめたっていいじゃないか。夕月を手に入れれば、お前が庖丁《ほうちょう》を握ることになるんだから」

「冗談じゃねえ。俺は、少なくともあと五年はあそこで働かせてもらうつもりなんだ」

「それじゃ夕月はどうするんだよ」

「親父に働いてもらえばいいじゃないか」

「それこそ冗談じゃないよ」

「おっ母さんにみてもらわなかったら、あいつら、行きどころがねえんだよ」

「勝手なことを言うんじゃないよ。親の知らない間に性根《しょうね》のくさった女とくっついちまって、その女に逃げられたら、母親に頼るのかえ」

「それはあやまるよ。あやまるが、幸吉やおちよに罪はねえんだ」

「それはこっちの言うせりふだよ。わたしゃ、お前の尻拭《しりぬぐ》いなど真《ま》っ平《ぴら》だね」

ばあば、という声がした。待っていられなくなったらしいおちよが、階下で呼んでいるのだった。

「ばあば、だっこちて」

その声に「いやだよ」などと言える者はいないだろう。おすがは巳之助をねめつけてから、「あいよ、今降りて行くよ」と答えた。

弥太右衛門が、風車《かざぐるま》をつくる内職を探してきてくれた。「たいした稼ぎにはならないかもしれない」と言っていた上、やってみると案外にむずかしい。一日でやめてしまおうかと思ったほどだった。

が、幸吉とおちよをあずかってしまったのでは身動きがとれない。富岡八幡宮《とみがおかはちまんぐう》の一の鳥居《とりい》近くの料理屋が女中を探していて、「そういうお人なら、少々お年齢《とし》でもきてもらいたかったのに」と言ったようで、子供達も、木戸番小屋のお捨がうちでおあずかりしましょうと言ってくれたのだが、幸吉はともかく、二つのおちよを宵《よい》の五つ過ぎまであずけておくわけにはゆかなかった。

しかも、おちよは、おすがのそばにいて離れようとしない。幸吉もしばらく会わないうちに人見知りをするようになっていて、表口の戸を少し開けては川沿いの道で遊んでいる子供達を見るのだが、子供達と視線が合おうものなら、戸を閉めてしまう。子供どうしのことである。外へ出て行けば、ひとりでに睨《にら》みくらの仲間に入れてくれると思うのだが、出て行かない。それどころか、見かねたおすがが幸吉の手をひいて行き、子供達に「仲間へ入れてやっておくれね」と頼んでも、風車の一つもできあがらないうちに戻ってきてしまう。

驚いたのは、昨日、湯屋《ゆや》へ連れて行こうとした時だった。

「今日も行っていいの」

と、幸吉が尋ねたのである。

「今日もって、お前、お湯屋さんへは毎日行くだろう」

「え、そうなの」

幸吉は不思議そうな顔をした。湯屋へは三日に一度か四日に一度行けばいいと、おすえに教えられていたらしいのである。

そういえば、弥太右衛門の女房が、おすえは「子供達の着替えさえ持ってこなかった」と怒っていた。まだ暑いという季節ではないのに、抱き寄せた時に汗くさいようなにおいがすると思っていたが、ろくに湯屋へ行かず、襦袢《じゅばん》も着替えさせていなかったのだろう。

「おお、やだやだ。お前達は」

そんなおっ母さんに育てられていたのかえと言いかけたのを、おすがは懸命に飲み込んだ。

巳之助が連れてきた時から気に入らない嫁ではあったが、幸吉とおちよにとっては、かけがえのない母親である。あしざまに言っては可哀《かわい》そうだった。

その上、そばにいてくれるものと信じていたのに見知らぬ人にあずけられ、祖母に育てられるようになったのだ。おちよがおすがから離れようとしないのは、二度と置き去りにされたくないからだろう。

そう思えば、いじらしさが増す。毎日、夕の七つ前には湯屋へ連れて行き、こまめに襦袢や肌着を取り替えてやるようにした。すぐに幼い子特有の甘い香りが漂《ただよ》うようになって、なお愛《いと》しさが増してきた。

が、その一方で、嫁のおすえを思い出すと腹が立つ。巳之助は、贅沢はできないかもしれないが、おすがと子供達を食べさせるくらいはできると言っていた。おすがより、おすえの方が金遣《かねづか》いはあらいにちがいないが、子供達を湯屋へも連れて行けず、襦袢を縫ってやることもできなかったなどというわけがない。

ろくに子供の面倒もみず、かつての男との密会にうつつをぬかしていたのかと思えば、追いかけて行って殴りつけてやりたい衝動にかられる。そして、あってはいけないことなのだが、幸吉にもおちよにもおすえの血が流れていると思うと、理不尽《りふじん》な腹立たしさに襲われるのである。

無論、幸吉が遠慮がちにおすがに寄りかかり、おちよが膝《ひざ》の上にのってくれば、おすえのことなど忘れた。幸吉もおちよも、ただただ可愛いおすがの孫だった。

が、子供達がいたずらをせずにいられる筈がない。おすがの言いつけに、いつまでも素直に従っていられる筈もなかった。

ことにおちよは、わるいことをするのが面白くなってきたのか、台所の床に置いてあるものを片端から土間に落とすようになった。一度などは、めずらしくおすがから離れたと思うと、土間にいるおすがの顔色を窺《うかが》いながら、油売りから灯油を買って、つい板の間に置いていた油差を土間に落とした。

なるべく叱るまいとは思っていたが、叱らずにはいられなかった。「このおててが、そんなわるいことをするのか」と、小さな手も叩《たた》いた。

そんなに強く叩いたつもりはなかったが、おちよは自分から仰《あお》向けに倒れて、火のついたように泣き出した。それをどこで見ていたのか、幸吉が台所に入ってきて、「おっ母ちゃんは叩いたことなんかなかったのに」と言った。

腹をこぶしで叩かれたような気がした。幸吉やおちよがわるさをしても、知らん顔をして坐っているおすえの姿が目の前を通り過ぎたが、「叩かないおっ母ちゃんの方がわるいんだよ」とは言えなかった。

だが、おちよを抱き上げて「ごめんよ、ばあばがわるかったよ」とも言えなかった。おすがは、「いつまでも泣いているんじゃないの」と強い口調《くちよう》で言って、おちよを抱き上げようとした。

おちよは、両足をばたつかせて抱かれるのを拒《こば》んだ。押えつけるのは簡単だったが、幸吉の目が気になった。無論、子供のことで、半刻あとには「ばあば、だっこちて」と這《は》い寄ってきたし、幸吉も近所の子供達の騒ぐ声が気になったのか、表口へ駆《か》けて行った。

湯屋へ行く頃には幸吉の方から手をつないできたし、背負《せお》っているおちよも頬を背中に押しつけてきた。

大人のおすがが気にしなければよいことだった。わるさなら巳之助の方がひどかったし、幸吉もおちよも、身内の欲目ではなく、近所の子供達とくらべても素直に育っていた。

わたしの孫だもの、気立てのわるい子であるわけがない。

そう思っても、躾《しつけ》というものを知らずに育った子のいたずらや、行儀《ぎょうぎ》のわるさは目にある。幼いながらも遠慮をしていたのがおすがとの暮らしに慣れ、緊張がとけたのかもしれず、子供のことで、いつまでも緊張していられなかったのかもしれないが、幸吉もおちよもご飯の途中で箸《はし》を投げ出して、遊んだり寝転んだりするようになった。

巳之助も行儀のわるい子で、ご飯を食べ終るまできちんと坐っていられない子だった。そんな時、おすがは、横坐りしたり投げ出したりしている巳之助の足を、思いきり踏んでやった。五つか六つになると、巳之助は「痛《い》て。糞婆《くそば》あ」などとわめき、おすがに体当りをしてきたものだ。拗《す》ねて、わざと横坐りすることもあったが、今では客につきあって茶の席にも出るらしい。

幸吉がどんな仕事につき、おちよがどんなところに嫁《とつ》ぐかはわからない。どんな仕事をするようになっても、どんなところに嫁いでも恥をかかないように育ててやろうとは思うのだが、「おっ母ちゃんは叩いたことなんかなかった」という幸吉の言葉を思い出すと、叱言《こごと》さえ出なくなってしまう。孫に嫌われたくないという思いが、先にたってしまうのである。

「あずからなければよかった。ずっと一緒に暮らしていたんじゃないんだもの」

わたし一人じゃ育てられないと思っては寝顔の可愛さに負け、もう我慢できないと巳之助に言いに行こうとしては、湯屋で背中を流してくれる二人に涙ぐみそうになって、おすがは、五十吉のこともお梅のことも忘れていた。

深夜に巳之助がたずねてきたのは、そんな時だった。幸吉とおちよをあずかってから、一月《ひとつき》が過ぎていた。

眠っている子供を起こさぬように、しのび足で茶の間へ上がってきた巳之助は、二人の寝顔を見ているうちにたまらなくなったようで、おちよを抱き上げようとした。

おすがは、その手を思いきり叩いてやった。

「何をするんだよ、ばか。おちよは寝付きがわるいってのに」

「寝起きもわるいだろ」

「誰かに似てね」

「俺はわるくないぜ」

「何を言ってるのさ。なかなか起きないものだから、お父っつぁんに枕を蹴飛ばされたくせに」

「忘れたよ、そんなこと」

「で、何しにきたのさ」

「そのことさ」

忘れていた夕月の名が、稲妻《いなずま》のように脳裡《のうり》をよぎった。「そうなんだよ」と、巳之助もうなずいた。

「今朝《けさ》、親父が並木町へきたんだよ」

「店をたたむのかえ」

「うん」

「早かったね」

あの店にしようと五十吉ときめた時、料理場の場所を変えたいと言って五十吉と揉《も》めた時、はじめての客が暖簾をくぐってきた時などが、一瞬の間に頭の中を駆けめぐった。

五十吉がお梅などという女にうつつをぬかさなければ、と思った。それまでの女と同じように、浮気ですんでいれば、おすがは家を出なかった。そして、おすがが家を出なければ、今でも夕月には、うまい料理と酒に上機嫌となった客の笑い声が響いていた筈なのである。

「でも、わたしにゃまだお金がたまってないよ」

「俺だって、まだ並木町の店をやめるつもりはないよ」

「それじゃ、どうしようってのさ」

「どうしようって、親父が店をたたむと言ってるんだぜ」

「そんなこたあ、わかってるよ」

「一文なしになっちまうかもしれねえんだぜ」

「知るか、そんなこと。お梅と食べる算段をすりゃあいいんだ」

「お梅は行方《ゆくえ》知《し》れずだってさ」

「何だって」

「お梅は行方知れず。親父が一文なしになる前に逃げ出したらしいぜ」

「呆れたもんだ」

おすがは、あらためて巳之助を見た。

「だから、親父をひきとってくれと言いにきたのなら、お断りだからね」

巳之助は、子供達のようすを見ながら低い声で笑った。

「親父だって、それくらいわかってるよ。一からやり直すって言ってる」

「一からやり直すったって、あの男は四十を過ぎてるんだよ。普通ならお前に店をゆずって、隠居するところだ」

「新宿《しんじゆく》の旅籠《はたご》で働くんだとさ。でも、楽じゃねえよ」

「当り前だよ」

「だからさ」

巳之助はおすがの方へ軀をかがめて、なお低声《こごえ》になった。

「おっ母さん、あの店を借りねえか」

「いまさら何を言ってるんだい。わたしが夕月を手に入れるから働きたいと言った時には、働くな、子供をあずかってくれと言ったくせに」

「でも、親父のしょんぼりした姿を見たら、可哀そうになっちまって」

「いやだよ」

おすがは、かぶりを振りながらあとじさった。

「わたしが夕月を手に入れて、あの男ともと通りになるなんて、考えただけでもぞっとする」

「でも、親父は、つまらねえ旅籠で働こうとしているんだぜ」

「自業自得《じごうじとく》だよ」

「そう言っちゃあ身も蓋《ふた》もねえだろうが」

巳之助は、あとじさりしつづけるおすがににじり寄ってきた。

「なあ、頼むよ。実を言うと、親父は借金で首がまわらなくなっちまったんだ」

「それも自業自得だよ」

「わかってるったら。が、夕月を居抜きで借りたいという奴《やつ》がいて、掛軸やら花入れやら、料理の器やらの代金が親父に入るらしい。それと新宿の旅籠からの前借りで、親父は借金を返すつもりらしいんだよ」

夕月が人のものになっちまう。

おすがは、目の前が暗くなったような気がした。

「が、そんなものじゃ借金はきれいにならねえようだから、親父は夕月を人手に渡した上、生涯、借金に追われることになる」

　だからよ、と巳之助は言った。

「おっ母さん。お前《めえ》が夕月を借りてやりねえな。いや、お前《めえ》一人に金は出させねえ。俺も少しばかりためているし、足りない分はうちの旦那《だんな》に頼んで借りる。それで、お前《めえ》が居抜きで夕月を借りりゃあいい」

「が、わたしにゃ、この子達がいるじゃないか」

「大丈夫だよ。お梅さえいなくなりゃ、親父の腕だ、また客はくるようになる。旅籠で給金をもらっているより、その方が借金も早く返せる」

「それじゃ、わたしはお金を出すだけで、孫の子守をしてろというのかえ」

　腹が立った。血のつながっている父親を心配するのは当然かもしれなかったが、巳之助の人のよさにも、人がよいといわれる者に特有の身勝手《みがって》さにも無性《むしょう》に腹が立った。

「親父、親父って、わたしを何だと思ってるんだよ。わたしはお前に使われている女じゃないんだよ。いい加減におし」

　思わず張り上げた声に、子供達の軀が動いた。目が覚めたらしい。幸吉は目をこすっただけだったが、おちよが大声で泣き出した。

「すみません。いつも、いつも」

声と一緒におすがが入ってきた。手に持っているのは、おそらく客にもらった菓子だろう。

おすがは、この月のはじめから、一の鳥居のそばの料理屋で働いている。働きぶりを見た料理屋に、ぜひ住み込みでと言われたが、夜は孫の世話があるからと断ったのだそうだ。それでも、参詣帰《さんけいがえ》りに昼飯を食べに寄る客達が、気のきく女中さんがいると喜んでいるという。

「おすがさんならね」

と、昨日もお捨は弥太右衛門の女房と話をした。

昨日は、弥太右衛門の女房が幸吉とおちよの面倒をみると言って、自分のうちへ連れて行った。が、妙に心配になって、いろは長屋の木戸脇にある家へ行ってみたのだった。

幸吉とおちよは茶の間にはいず、いろは長屋の路地にいた。長屋の子供達は、「邪魔《じゃま》だよ」と言う母親達の声にもめげず、どぶ板の一枚一枚に小石を蹴って行く遊びをしていて、幸吉はおちよを背負ってそれを眺めていたのである。

「まだ、自分から仲間に入れてくれとは言い出せないらしいんだけど」

と、弥太右衛門の女房は笑っていた。路地へ出てきた長屋の女房達に、「何で仲間に入らないのさ」と言われたり、子供達が「仲間はずれはいけないよ」とたしなめられたりして、おちよまで一緒に遊ぶようになったそうだ。幸吉以外の子供と遊ぶのははじめてらしいおちよは、家の中まで聞えてくるほどの大声で笑うようになったという。

「そうなりゃ手がかからなくなりますよ。ずうっと、うちであずかってもいい」

「でも、それではあんまり」

「お捨さんが遠慮するこたあない。うちは一人息子を亡くして、ずっと二人っきりだったでしょう。さずかる筈のない孫をさずかったようで、嬉しくってしょうがないんですよ」

それは、お捨も同じだった。江戸へ出てきてから子供をさずかって、すぐにお捨と笑兵衛の手をすりぬけて、あの世まで遊びに行ってしまった。おちよを見ていると、もっとわずかな間だけしかお捨の手の中にいてくれなかったお花《はな》が、この世に戻ってきてくれたような気がするのである。

「それにしても、おすがさんは大変だねえ」

と、弥太右衛門の女房も言っていた。おすがは、息子の巳之助のために働くようになった。巳之助は、父親が夕月で働いていられるようにと、借金をしたのだった。巳之助は、夕月が五十吉の手に残れば、何のかのと言っているおすがも、幸吉とおちよを連れて今戸町へ帰ると考えていたらしい。が、無論おすがはいやだと言い、五十吉もおすがが帰ってくることになぜか難色を示した。女がいたのである。お梅がさっさと出て行ったのも、それが原因のようだった。

「そんなことだろうと思っていたんですけど、巳之助は、すっかり父親に同情しちまって」

おすがにも内緒《ないしょ》で、金を借りたという。証人にはおすがの名を使ったようだった。おすがは、しばらくの間、溜息《ためいき》ばかりついていた。借金をするくらいなら、自分の言う通り巳之助が夕月へ入って、おすがと幸吉とおちよと四人で暮らせばよかったのだと、なかなか諦めきれなかったらしい。

「で、おすがさんのもとご亭主は、伜さんの借金を一文も返そうとしないのかえ」

弥太右衛門の女房は、自分のことのように腹を立てていた。おすがははっきり言わないが、五十吉は「すまねえな」と言ったきりで、毎月巳之助が支払っている返済金には知らぬ顔のようだった。

が、一の鳥居近くの料理屋で働くようになって、おすがは若く見えるようになった。疲れているだろうに、いそいそと帰ってきておちよを背負い、幸吉の手をひいて自分の家へ向かうのである。

子供達も、おすがが歩きにくいだろうと思うほど、まとわりつく。五十吉にはなつかないようだった。借金のことで、おすがと巳之助が夕月を訪れた時、五十吉を見たおちよが泣き出して困ったそうだ。

「すみませんねえ、遅くなっちまって。そのかわりと言っては何ですけど、いただきものの饅頭《まんじゅう》、お二人で召し上がっておくんなさいな」

「わたし達はいいんですよ。おちよちゃん達にあげて下さいな」

「いいえ、図々《ずうずう》しく二人の分はとってあります」

おすがは、飛びついてきたおちよの手に紙袋を渡し、軽く頭を下げながらもう一つをお捨に渡した。おちよは、出してくれというつもりか、うしろからのぞいている幸吉に袋を渡し、幸吉が紙袋の中をのぞいた。

「おうちへ帰ってから」と言う。饅頭は、二つしか入っていなかったようだった。

「どうして」

「おうちで、お祖母ちゃんと半分こにするんだから」

「それじゃ、おちよちゃんも半分こにする」

袋を開けようとしたお捨の手を、笑兵衛の手が押えた。

おすがはおちよを背負い、幾度もお捨と笑兵衛に頭を下げて小屋の外へ出て行った。

そのあとを、饅頭の袋を持った幸吉が追って行った。外で待っていたおすがと、手をつないでいる。

「借金を背負っても、おすがさんのお手許には、大変な宝物が残りましたね」

「うん」

笑兵衛もお花を思い出したのかもしれない。言葉少なに答えて土間へ降りて行った。

第四話　照《て》り霞《かす》む

今年になって、また一人友達をなくした。他界したのではない。つきあいを絶ったのである。

めまいがしそうだった。六月末の、夏も一番暑い時の陽盛《ひざか》りに、深川十万坪《ふかがわじゅうまんつぼ》と呼ばれる荒地《あれち》の真ん中に立っているのだから当然だった。

十万坪の土地は、千田庄兵衛《せんだしょうべえ》という町人が新田開拓を願い出て、江戸の塵芥《ごみ》を埋めたてて築いたという。千田《せんだ》新田《しんでん》の名があるそうだが、新田より茅野《かやの》の方が多いかもしれない。

ふりかえれば、痩《や》せこけた枝をひっそりとのばしている松林もある。が、照りつける陽射《ひざ》しに、茫《ぼう》とかすんで見えた。

「で、どうする気」

と、お吟《ぎん》は声に出して言った。

そばには誰もいない。「どうする気」とは自分に尋ねたのだが、尋ねたところで答えなど持ち合わせていないことは、はじめからわかっている。どうしたいのかわかっていれば、あてもなく歩いてきて、十万坪で立ち止まったりはしない。

どんどん、ひとりぼっちになってゆく。

そう思った。子供の頃は、手習《てなら》いに通う友達と毎日のように喧嘩《けんか》をしていたが、翌日には仲直りしたものだ。お吟はその頃から軀《からだ》が小さくて、泣かされることが多かった。年下のおみよにまで小突《こづ》かれて、泣きじゃくりながら帰ってきては茶の間の隅《すみ》に蹲《うずくま》り、おみよちゃんとは金輪際《こんりんざい》口をきかないと、神社やお稲荷《いなり》さんを思い浮かべながら誓いをたて、そのくせ翌日とはいわぬまでも、数日後にはおみよと手をつないで手習いに出かけたのではなかったか。

そのおみよは、八つの時にふいにいなくなった。おみよの家は煙草屋《たばこや》で、決して貧しい家ではなかったのだが、母や近所の女達が話していたところでは、借金があったらしい。

懸命に耳を傾けていたお吟に、母が「あっちへ行っといで」と言ったのを思い出すと、おみよの父が女遊びをして、そのための金を高利で借りてしまったのかもしれない。母や近所の女達が口にしていた「高利貸」や「吉原《よしわら》」という言葉が、汚れて黒光りしているように頭の隅にこびりついている。

お吟と同い年で、同じ手習いの師匠に文字や算盤《そろばん》を学んでいた茂吉《もきち》は、お吟が弥市《やいち》郎《ろう》と所帯《しょたい》をもってから移ってきた富吉町《とみよしちょう》へ、翌年、偶然に越してきた。父親と妹が一緒だった。

お吟は十八で後家《ごけ》となってしまうのだが、茂吉は二十一で所帯をもつまで、独《ひと》り暮《ぐ》らしのお吟の家へ、口実を設《もう》けてはたずねてきた。妹が嫁《とつ》ぎ、父親が他界したあとは、毎日のように顔を出していたといってもいい。

が、女房をめとり、八ヵ月めに男の子が生まれると、まるでたずねてこなくなった。やむをえないとは思うが、半年ほど前、お吟が高熱で苦しんでいた時ですら顔を見せなかったのである。

やっと熱の下がったお吟が湯屋《ゆや》へ行くと、番台に坐《すわ》っていた湯屋の亭主が、「茂吉《もきっ》つぁんが見舞いに行っただろう」と話しかけてきた。お吟の家の隣りには、五十を過ぎたという夫婦が住んでいて、この夫婦がお吟が寝込んだことに気づいてくれたのだった。粥《かゆ》をつくってきてくれたのもこの夫婦なのだが、その話を湯屋の亭主にしたのだろう。

お吟に身寄りはない。湯屋の亭主は、独り身の頃の茂吉がお吟の家に出入りしていたことを知っていて、見舞いに行ってやれと言ってくれたにちがいない。茂吉はおろか、茂吉の女房が「大丈夫ですかえ」とようすを見にきてくれることもなかった。

茂吉だけではない。子供の頃の友達は、所帯をもってから遊びにきてくれなくなった。おすみもお梅《うめ》も、おやえもそうだった。

　所帯をもったのは、父母に早く死なれたせいもあって、お吟が一番早かった。その頃は内心「またきたの」と思うほど、三人で連れ立って遊びにきた。大工《だいく》の弥市郎が仕事場から帰ってきても、「三人なら日が暮れてもこわくない」と、どうかすれば夕飯まで食べて行った。

　それが、近頃では、お吟が内職の仕立て物を届けに行った帰りに金鍔焼《きんつばやき》の包みを下げて行っても、あまり嬉《うれ》しそうな顔をしない。上がれとは言ってくれるが、お吟の世間話への相槌《あいづち》は上《うわ》の空《そら》だし、早々に帰ると言ってもひきとめようとしてくれない。お吟の目の前で、子供と遊びに出かける話をすることもある。

　板前《いたまえ》に嫁いだ筈《はず》だったのに、金魚を売ったりすだれを売ったりする男の女房になり、自分も枝豆を売って歩いているおやえが、お吟にこられては迷惑と思う気持はよくわかる。わかるが、おすみは小売りの米屋に、お梅は金物屋に嫁いでいて、お吟がたずねて行く八つ下がりには一休みしているところなのだ。

　おすみの家には姑《しゆうとめ》がいるが、お梅の家にはいない。お梅は三人の子持ちで末の子は二つだが、おすみの子は一人で、五つの女の子だった。

　親が残してくれた蓄《たくわ》えがあるとはいえ、お吟は仕立て物の内職で暮らしをたてている。長居のできるわけがなく、小半刻《こはんとき》ほど姑の昔話を聞かせてもらったり、幼い子供を抱かせてもらったりしたいだけなのだが、お吟がたずねて行くと、おすみもお梅も、足袋《たび》の中に小石が入ってしまったような顔をするのである。

なぜこんなに身内に縁が薄いのだろう。そう思う。

弥市郎は、所帯をもって二年を過ぎた夏に他界した。お吟が十八で、弥市郎は二十三だった。

それまで弥市郎は、白足袋と医者には縁がないと笑っていた。お吟の父親がその前の年に亡くなっていたので祝言《しゅうげん》をあげなかった。これで一生、紋付袴《もんつきはかま》に白足袋などという恰好《かっこう》をしないですむと言っていたのである。

が、急に咳《せき》が出るようになった。医者へ行って薬をもらってきたのだが、癒《なお》らなかったため、もう一度薬をもらいに行った帰り道で倒れ、そのまま帰らぬ人となった。

かつぎ込まれたのは別の医者で、おそらく心の臓を病んでいたのではないかと言った。心の臓の病いで激しい咳の出ることがあり、その咳をとめるための薬が命を奪ってしまったのではないかというのだった。

お吟は一人娘だが、弥市郎には兄も弟もいた。親が大工で、兄弟三人は同じ棟梁《とうりょう》にあずけられたという。

ただ、独り立ちできたのは弥市郎だけだった。兄は所帯をもち、子供も一人いるものの、まだ棟梁の仕事を手伝っていて、兄自身はともかく、嫂《あによめ》が妙にお吟を嫌っていて、遊びに行けるどころではなかった。

弟は独り身で、大工をやめてからはきまった仕事をもっていない。男ぶりのよかった弥市郎をしのぐ美男なので、食べものや小遣《こづか》いを持ってくる女が何人かいるようだが、兄の家で顔を合わせた時、先に帰ろうとしたお吟のあとを追ってきた。

まだ人通りの多い時刻だったというのに、妙に軀を寄せてきた。一度、お吟の家をたずねてきて、強引に部屋に上がろうとしたが、たまたま中島町澪通《なかじまちょうみおどお》りの木戸番《きどばん》、笑兵衛《しょうべえ》が通りかかって追い出してくれた。よほど懲《こ》りたのか、それ以来たずねてこないのは幸いだった。

幸いだったが、それで義理の兄弟もいないことになった。

「あと何年、こんな暮らしをすりゃいいんだろ」

五十であの世へ行くとして、あと二十六年、これまでよりも二年多い月日が残っている。

赤ん坊の頃は別として、うっすらと記憶が残っている三、四歳から、父が他界する十五歳までは、淋しいなどと思ったことがなかった。母は十三の年にあの世へ駆足《かけあし》で行ってしまい、父は母の分を埋めてくれるつもりだったのだろう、仕事に行けない雨の日などは、ふざけてお吟を抱きかかえて転《ころ》がったり、お吟の好きなものを食べに連れて行ってくれたり、お吟の歓声で近所からうるさいと言われるのではないかと思うほどだった。

父も十五の年に逝《い》ってしまったが、その時には弥市郎がいた。弥市郎は、兄弟との確執《かくしつ》を避けるため、しばらくの間父にあずけられていて、二階の三畳《さんじょう》が彼の住まいだった。ご飯《はん》ですよと呼びに行くのは、十三歳だったお吟の役目で、一緒に階段を降りてくるのが嬉しかったし、縁日へ出かけて足をひねってしまい、歩けなくなったのを背負ってもらった時から、なんとなくこの人と所帯をもつのだと思っていた。

周囲もそう思っていたのだろう、父が他界した時の弥市郎は二十で一人前の大工となっていたが、十五で子供から娘になりかけていたお吟の家へ、足繁《あししげ》く出入りしても、誰も何も言わなかった。

十六の春に弥市郎の棟梁に挨拶《あいさつ》をすませ、所帯をもつことにして富吉町へ越してきた。三人は欲しいと言っていたのに、なかなかみごもることのできなかったのが唯一《ゆいいつ》の不満だったが、弥市郎は次第《しだい》に大きな屋敷の仕事を請け負《うお》うようになっていた。頻繁《ひんぱん》に遊びにきていたおすみやお梅も、焦《あせ》らずにのんびりしていれば、いつか生まれると、親切な助言をしてくれていたのだった。

「帰ろ」

お吟はひとりごちた。

こんなところにいてもはじまらない。この暑さで目をまわして、弥市郎や父母のいるあの世へ行けたらよいと思うけれど、具合がわるくなるだけで助かってしまうと困る。

「それよりうちへ帰って内職をして、酒代《さかだい》でも稼ぐとするか」

只今《ただいま》と言っても答えてくれる人がいない家へ入るのを、軀が嫌ってしまうのがつらいのだが。


「ばかやろう」

と、お吟は叫んだ。両手でかかえていた洗濯物を畳《たたみ》へ叩《たた》きつける。

「何だって、言うことをきかないんだよ」

人がいるわけではなかった。庭からとりこんできた洗濯物の中の浴衣《ゆかた》が、よりによって、昨日の夕立《ゆうだち》で汚れていた濡《ぬ》れ縁《えん》に落ちたのが気に入らないのだった。

もう一度洗えばよいし、洗濯は好きなのだが、そういう時にかぎって急ぎの内職がある。明日の朝までという約束なのだ。お吟は、今日の夕暮れに届けるつもりだった。洗いなおしている暇《ひま》はないのである。

「せっかく、からからにかわいたと思ったのに」

腹が立つ。箪笥《たんす》にほかの浴衣が入っていないわけではないが、湯上がりの軀にまだ陽のにおいの残っている浴衣をまとうのは、暑い夏だけにある楽しみではないか。

「ほんとにもう」

拾い上げた浴衣の衿《えり》には、濡れ縁の泥がついていた。

今朝、洗濯物を干した時に、濡れ縁を拭《ふ》いておかなければと思ったのだが、隣家から悲鳴が聞えて飛び出して行き、年老いた女房が踏み台から落ちたのを助けたりしているうちに、内職の期限の方が気になってしまったのだ。

お吟は、衿をこすってみた。かわいている土はきれいに落ちたが、湯上がりに一度泥のついた浴衣を着るのかと思うと、足許《あしもと》から痒《かゆ》みがのぼってくるような苛立《いらだ》たしさに襲われる。

「ほんとにもう」

もう一度、浴衣を叩きつけた。

「わたしがいそがしいって、わかってる筈なのにさ」

足で踏みにじってあらためて拾い上げ、台所の土間に置いてある盥《たらい》へ投げ込んだ。

それでもまだ、気持はおさまらない。部屋へ戻ってきて、他の洗濯物の前に腰をおろしたが、それをたたむ気も失せている。浴衣に八つ当りをしただけなのに息がはずんでいて、大きな息を吐いた。

「ばかめ。仕事するのも、いやになっちまったじゃないか」

二階へ行って、一休みしようかと思った。涼しい風を入れてくれる窓際に寝転んで、しばらく目を閉じていれば、この妙な苛立ちもおさまってくるだろう。仕事は、徹夜をすればいい。徹夜をして早朝までに仕上げて、約束通り朝のうちに届けよう。

こんなことをしていたら、今に仕事もこなくなる。

そう思って坐りなおすと、曽祖父《そうそふ》の代からあったという仏壇が目に映《うつ》った。今は、位牌《いはい》の数がふえ、父も母も弥市郎もその中にいる。

「早く仕立て物を片付けて、湯屋へ行けよ」

弥市郎がそう言っているような気がして、お吟は針箱を引き寄せた。が、仕事をはじめる気になると、畳に放り出してある洗濯物が急に気になった。

お吟は、手早く洗濯物をたたみ、隅に寄せてあった越後縮《えちごちぢみ》の仕立て物を膝許《ひざもと》へ引き寄せた。

先刻までの苛立ちは、嘘のようにおさまっていた。「まだわたしも、しっかりしているね」と、目の前に浮かぶ弥市郎へ話しかけているうちに、いつのまにか弥市郎の姿も消えて、右手が動かしている針と、針目《はりめ》のほかは見えなくなった。

「終った」

と呟《つぶや》いたのと同時に、夕七つの鐘《かね》が鳴った。

お吟は針の先を髪でこすり、脂を針先に移してから針山にさした。仕立て上がった着物をひろげ、糸屑《いとくず》がついていないか、待針《まちばり》がついたままになっていないか、入念に確かめてからていねいにたたむ。

届先は、永代寺門前《えいたいじもんぜん》の料理屋、伊勢喜《いせき》だった。主人の喜三郎《きさぶろう》が着道楽で、しばしば仕立てを頼んでくれる。明日は昼から団扇絵《うちわえ》の会が開かれるといい、そこへ着て行きたいのだろう。

料理屋は七つ頃からいそがしくなるが、今日届けておけば、湯上がりの汗がひいたところで着て、寝転がったりして、仕立ておろし特有の突っ張った感じをとることができる。それに、今頃がいそがしいのは客を迎える女将《おかみ》と女中達で、帳場に坐っている喜三郎がいそがしくなるのは、客が帰りはじめる五つ頃からだった。

お吟は、髪を櫛《くし》で撫《な》でつけて家を出た。陽は傾いているが、暑さは変わらなかった。手で陽射しを遮《さえぎ》っても、やはり暑さは変わらない。お吟は、にじみ出てくる汗を手拭《てぬぐ》いに吸わせながら歩いた。

喜三郎は、黒板塀《くろいたべい》のくぐり戸の前に立っていた。板前の修業をしている十二、三くらいの男の子が、高箒《たかぼうき》をひきずって中へ入って行く姿も見えたので、叱言《こごと》を言っていたのかもしれなかった。

お吟に気づいたのだろう、喜三郎は、満面《まんめん》に笑みを浮かべてくぐり戸を大きく開けた。いつもの通り、まだいそがしくはない帳場へ案内してくれるようだった。

「お吟さんに頼むと、いつも早めに仕立ててもらえるので有難《ありがた》いよ」

喜三郎は、そんなことを言いながら先へ入れというように手を動かした。お吟も遠慮をせずに中へ入ったが、そこで動けなくなった。女将の、言い換えれば喜三郎の女房のおとくが、目を吊《つ》り上げて立っていたのである。

「お前さん、また着物を仕立てなすったんですかえ」

目はお吟を見据えたままだったが、おとくは、立ちすくんでいるお吟の隣りに立った喜三郎に、わざとらしいゆっくりした口調《くちょう》で尋ねた。おとくから目を離すこともできずにいるお吟の横で、喜三郎が舌打ちをした。

「いちいちうるさいな。俺《おれ》の着道楽は、お前と所帯をもつ前からだ。料理屋の亭主だってえのに、酒は飲まない、煙草は吸わない、おまけに悪所《あくしょ》だらけの深川にいるのに、遊びに行くこともしない。着物くらいつくったって、文句はないだろうが」

「どうぞ、たんとおつくりなさいまし」

と、おとくは言った。

「着物ならどうぞ、たんとつくっておくんなさいまし」

「それなら越後縮の一枚くらい、いいじゃないか」

「いいですよ、このお人に頼まなければ」

「何だと」

と、喜三郎は言ったが、そのあとの言葉はなぜか出てこない。なぜお吟ではいけないのかと尋ねてもらいたいのに、黙っている。お吟もおとくから目をそらすことができなかった。

「手間賃《てまちん》はお払いしますけどね」

おとくは、お吟のかかえていた風呂敷包みを奪いとると、地面へ叩きつけた。お吟が浴衣を叩きつけた勢いなど、くらべものにならなかった。喜三郎の越後縮は風呂敷にくるまれているので無事だったが、お吟の風呂敷は、昨日の夕立で濡れた庭土に染まり、使いものにならなくなるにちがいなかった。

「着物は受け取りませんよ」

「何を言う」

喜三郎が、一歩お吟の前へ出た。おとくの視線が遮られ、ほっとしたお吟は、喜三郎の背の陰からおとくを盗み見た。おとくは、瞼《まぶた》の下を痙攣《けいれん》させていた。

「そうやって、その女をかばうんですね」

何ですってと、お吟は口の中で言った。喜三郎も、苦笑いをしたようだった。

「何を言い出すかと思えば、みっともない。そういうのを見当違いというんだよ」

「何が見当違いですか」

おとくの声が尖《とが》った。

「それなら伺《うかが》いますが、お前さんはそんなに太ってなさるんですよ。仕立ては、並《なみ》じゃあない。それなのに、どうして職人さんに頼まず、内職のお人に頼むんですよ」

「このお人はね」

喜三郎は、足許の風呂敷包みを拾った。

「ほら、昔、うちが櫓下《やぐらした》の火事の貰《もら》い火《び》をしてさ、料理場を焼いちまった時に、すぐ修理にきてくれなすった大工の弥市さんのおかみさんなんだよ」

「知ってますよ、そんなことは」

「あの時、弥市さんがすぐにきてくれなかったら、うちは、大勢の客を逃して大変な損をするところだった」

それは、喜三郎がお吟にも言っていたことだった。弥市郎にとっても伊勢喜は、富吉町に越してきてからはじめて仕事を請け負ったところであり、特別な店だったのだろう。損得を度外視し、深夜まで働いて、以前より働きやすいと料理人達が喜んだほどの料理場を建てたのだった。

「あの時は、あの時です」

おとくの尖った声が聞えた。

「いつまでも弥市さん、弥市さんって、弥市さんが亡くなってから大分《だいぶ》たつんですよ」

「よしなさい、お吟さんの前で」

喜三郎は口を閉じた。

お吟は苛立たしくなった。ここは、おかしなことを口にするなどと言っていられないような邪推《じやすい》をしている女房を、喜三郎が叱《しか》りとばすところではないか。

「女中達だって、みんなおかしいと言ってますよ。それが、ご近所にひろまったらどうしなさるんです」

誰がどんな噂《うわさ》をしているというのだ。

お吟はおとくに食ってかかりたいが、喜三郎は黙っている。軀がじりじりと焼かれてゆくような気がした。

おとくが帯の間から財布《さいふ》を出した。つまみ出したのは二朱銀で、喜三郎を押しのけるようにしてその金を突き出した。お吟の口からも、尖った声が飛び出した。

「申訳ございません、釣銭を持っておりませんので」

「釣銭を寄越せなどと言ってはいませんよ。これっきりにしてもらいたいから、よけいに差し上げるのです」

「結構です。余分な手間賃はいただかないことにしておりますので」

お吟は、喜三郎の手から風呂敷包みをとった。風呂敷の結び目をといて、越後縮の着物だけを喜三郎に戻す。

「失礼いたします」

「お吟さん、仕立て代をどうするんだよ」

「差し上げます」

「何だって」

喜三郎とおとくの、二人の声が聞えた。

「差し上げるだなんて、失礼じゃないか」

「失礼なのは、そちらでしょう」

こんなところで怒ってはだめだという声が聞えた。弥市郎の声のような気もしたが、自分が自分をたしなめた声だったかもしれなかった。

「その通りだ」

と、喜三郎が言った。

「こちらがわるかった。あやまるよ」

「どうしてお前さんがこの人にあやまりなさるんです。あやまってもらいたいのは、わたしの方ですよ。この人が帳場へ上がり込むたびに、女将さん、またきてますよと女中達に言われる身にもなっておくんなさい」

「女中さん達に、おかしなかんぐりはおやめと言っておくんなさいまし。おかしな噂をたてられるのは、わたしの方が迷惑です」

言ってはいけない、何も言わずにくぐり戸の外へ出た方がいい。そう思うのだが、言葉は胸のうちではなく、口の中にたまっているようだった。

「わたしは、まだ弥市郎を思いつづけているんです」

誰が人の亭主と――と言いそうになったのは、かろうじてこらえた。が、喜三郎にも、そのあとにつづいたかもしれない言葉は容易に想像がついたのだろう。不愉快そうな視線をお吟へ向けた。

苛立たしさがつのった。そちらはおかしな噂をたてられても平気なのかもしれないが、こちらは困るのだと思った。お吟はまだ、弥市郎が恋しいのである。

「旦那《だんな》のご好意に甘えたのが、わるうございました。けど、そんな噂をたてられてまで、ご好意にすがっていようとは思いません」

「そうかえ」

喜三郎が、興醒《きようざ》めのした顔で言った。

「女房の言い草は確かにわるかったが、お前さんも、それほど怒らなくってもいいと思うがねえ」

これで腹を立てないで、いつ腹を立てるのだ。

「が、お前さんが顔色を変えるほど腹が立ったのなら仕方がない。仕立てを頼むのは、ここまでにしようよ」

「ええ、そうして下さいまし」

いい人だと思っていた人物であった。今年はこれで二人も、親しい人を失うことになると思った。

「仕立て代は、あとで小僧にでも届けさせるよ」

「いえ、結構でございます」

どうしてこう苛立つのだろう。おとくの言い草に腹が立つのは当然だと思うが、ずっと仕事をくれていた喜三郎にまで楯突《たてつ》くのは、我ながらうとましいと思う。うとましいと思うのだが、おとくはおろか喜三郎の顔も見たくない。

「ちょっと待っておくんなさいな。それじゃ、うちがお恵みをうけることになっちまう」

「いえ、わたしがいただきたくないだけですから」

「ま、好きにするさ」

お吟は、くぐり戸に手をかけた。誰も呼びとめてはくれなかった。


翌日、お吟の家をたずねてきたのは、伊勢喜の板前だった。確か長七《ちょうしち》という名で、今年はもう三十五だと言っていた。弥市郎より六つ年上だが、弥市郎が生きていれば、額《ひたい》や口許《くちもと》にこれくらいの皺《しわ》が刻まれるのかもしれなかった。

「伊勢喜へ戻りゃ、すぐに仕事が待っていますんで」

と長七は言って、庭へまわってきた。女の独り暮らしの家に上がり込むより、むしろ人目につく濡れ縁に腰をおろした方がよいと思ったのかもしれなかった。

「先に用事をすませちまいやしょう。仕立て代を持ってきやした」

長七は、畳の上にのせた懐紙《かいし》の包みを滑らせた。包みは、お吟の膝許《ひざもと》でとまった。礼を言って受け取った方がよいと思った。思ったが、どうしても受け取りたくなかった。

「せっかくですけど」

「そう言いなさると思ったから、俺が使者にたったんでさ。小僧の使いでは、ああ、そうですかと、この包みを持って帰ってくる」

「そうしていただく方が、有難いんです」

「ですからさ」

長七は苦笑した。

「そんなに突っ張らず……いや、小僧の使いがどうのと言っておきながら、言葉の使い方を知らねえんで、むっとなすったかもしれやせんが」

「いえ」

長七がこまかく気を遣っていることは、よくわかった。長七は、ほっとしたように言葉をつづけた。

「気持よく受け取ってやっておくんなさい。その方が、旦那も喜びやす」

「女将さんは」

「知ってやすよ。女将さんだって、亭主の越後縮を、お吟さんにただで縫ってもらおうとは思っちゃいない」

「そちらは、これで仕立て代を渡したと気持がよくなるかもしれませんが、わたしは、気分がわるくなるだけですよ。長七さんがお帰りなすったあとで、この包みを川に打《うっ》棄《ちゃ》るかもしれない」

「お吟さん」

長七は、あきれたようにお吟を見た。

「見かけはおとなしそうだし、帳場で旦那と話してなさるのを小耳にはさんでも、素直ないいお人だと思っていたんだが」

「すみません、意地っ張りなんです」

そんなことはなかったと、自分でも思う。強情《ごうじょう》を張って両親から叱られた覚えはないし、「お前《めえ》の強情には手をやくよ」と、弥市郎に言われたこともない。お吟はいつも、「いいですよ、そうしたいのならそうさせてあげる」と笑っていて、そのお返しに、「ほら、好きなことをしな」と頭を撫でてもらったり、抱きしめてもらったりしていたのだ。
「旦那も、お吟さんがあんなに怒りっぽいとは思わなかったと言ってなすったっけが」
と、長七が呟《つぶや》くように言った。
「なあ、お吟さん。よけいなお世話かもしれねえが、旦那と仲直りをしなせえよ」
無論、胸の奥の奥では仲直りをしたいと思っている。が、その前の前にあるものが
邪魔をする。
喜三郎の好意には気づいていたし、有難いとも思っていたが、それを、おとくも女
中達もおかしな目で見ていたのである。有難い、嬉しいと思う気持を踏みにじられて、
腹立たしくも、苛立たしくもなってしまうではないか。
「どうせ口下手《くちべた》なんだから、はっきり言っちまうが、うちの旦那は、お吟さんを好い
てなさる」
「勘違いですよ、長七さんの」
そう答えたが、ことによるとと思ったこともあった。あったが、喜三郎はすぐに、
それがお吟の勘違いだと思わせるような、あっさりした言葉やしぐさに戻り、お吟を
ほっとさせてくれたものだ。

「いや、好いてなさる」

「勘違いですったら」

「勘違いでもいいが、旦那がお吟さんを好いて、何がいけねえってんで」

「女将さんがいなさるのに」

「が、旦那が一度でもお吟さんを口説《くど》きなすったかえ。手を握ろうとでもしなすったかえ」

　お吟は、笑って横を向いた。

「しなさらねえ筈だ。旦那は、そういうお人じゃねえ。お吟さんのご亭主は、旦那が可愛《かわい》がっていなすった弥市郎さんだ。その弥市郎さんが早く亡くなりなすって、女房のお吟さんが苦労してなさる。何とかしてやりてえと、思いなさるのは当《あた》り前《めえ》でしょう。旦那のお気持は、それだけなんだ」

　横を向いているお吟の顔から、笑みが消えた。長七は金を届けにきたのではなく、説教をしにきたのかと思った。

「で、仕立て物の内職をしてなさるお吟さんに、着道楽の旦那が仕事を出す。助かりますというお吟さんを見て、旦那が喜びなすってどこがわるいんで。好きな女の手助けができたと一人で喜んでなさるなんざ、俺に言わせりゃ、いじらしいくれえだ」

「だから？」

と、お吟は言った。苛立たしさの波が軀を揺すっていた。

「だから、このお金を受け取れと言いなさるんですかえ」

自分でも、強いと思った口調だった。長七は驚いたにちがいない。お吟の視線に出合っても目をそらさずに、しばらくの間見つめていた。

「短く言えばそうでさ」

と、長七は言った。

「が、受け取る前に、旦那の気持も汲《く》んであげておくんなさいと言いたかったんだ。よけいなお世話かもしれねえが」

「そうですね」

「何だと」

「わたしは、伊勢喜の旦那が仕事を下さるのを有難いと思っていました。旦那も、わたしの仕事が早いと言って喜んでくれなすってたんです。それこそ、それでいいじゃありませんか。わたしを好いていて下すったの何のってのは、よけいなことなんですよ」

「お吟さん。お前さんは、旦那のお気持を」

「知らずにいた方がよかったと思ってます」

「そいつはすまなかった。が、旦那は、またお吟さんに着物を縫ってもれえてえんですよ」

「もう放っといておくんなさいな。わたしはもう伊勢喜から仕事をもらわない。それで万事片付くんでしょう？」

「片付くよ」

長七が、吐き捨てるように言って立ち上がった。

「ああ、片付くともさ、さっぱりとね」

お吟は、膝許の金包みに手を置いて、畳の上を滑らせた。長七の手が、それを器用に受け止めた。

なぜここまで意地を張るのだろうと思った。思ったが、軀はひとりでに動いて長七に背を向けた。

長七は、金包みを投げ返さなかった。長七はお吟と町ですれちがっても、おそらくは横を向くだろう。今に深川中がわたしにそっぽを向くと思ったが、「待って」の一言が声になることはなかった。

今日もよく晴れて、降りそそぐ陽射しとかわききった地面からの照り返しで、十万坪は煮立っているようだった。ふっとふりかえった松林も、暑さの霞《かすみ》にくるまれている。

「このまま干《ひ》からびて、死んじまうといいんだけどな」

誰もいなかった。ほんとうに干からびてしまいそうな昼下がりに、十万坪の、それも日陰のないところを選んで蹲る者などいるわけがなかった。

「わたし、どうしちまったんだろう」

根性がねじ曲がってきたのはわかる。が、なぜこれほどねじ曲がってしまったのかわからない。

お吟は、昔のままでいたいのである。昔のように、親切で、やさしい女でいたいのである。

おやえの亭主が、あまり働かない物売りになってしまったのは、弥市郎が他界してまもない頃で、お吟は、生れたばかりの赤ん坊のために、肌着を縫い、襁褓《むつき》を縫って届けに行ったものだ。おやえは、のどから手が出るほど欲しかったらしいそれらを、「わざわざ持ってきてくれなくたって、うちにもあるのに」などと言いながら受け取ったが、腹は立たなかった。

むしろ、おやえの気持をおしはかって、子供のいる近所の人から、「お下がり」と言って渡してもらったりしたものだった。お吟は、そういうお吟が好きなのだ。

幸せだったと思う。おやえに、子供の肌着や襁褓を渡してやるだけの余裕があったからではない。自分は親切でやさしい女だと信じていられたからだ。気持よく生きていられたからだ。

「それにひきかえ、今のわたしときたら」

苛立って、腹を立ててばかりいる。喜三郎の、どこがわるいというのだろう。長七の説得の、どこに欠点があっただろう。

それなのに腹が立つ。喜三郎がおとくとの間に立ってくれたことも、長七がお吟が内職を失わないように心配してきてくれたことも、よくわかっているのだが、腹が立つ。

お吟は、そんな女ではなかった。子供が好きで、世話好きで、やさしい気性《きしょう》の持主という評判だったし、お吟自身も、自分が根性のねじ曲がった女だなどと、思ったことすらなかった。おやえの赤ん坊は人見知りが激しくて、お吟に抱かれると火のついたように泣き出すくせに、おやえが抱くとぴたりと泣きやむのが口惜《くちお》しかったが、それでも乳を吸っているように動かす口許や一人前に爪《つめ》が生えてくる手が可愛くて可愛くて、懲りずに「抱かせて」と言っていたお吟は、どこへ行ったのだろう。

あの頃に戻してくれとは言わない。年齢を重ねれば、暮らしに必要な悪知恵も悪賢さも塗り重ねられてゆくことはわかっている。だが、お吟は、袷《あわせ》や綿入れの仕立てがうまくゆかなかった時に、「裏地にたるみがないくらい、ぴったり縫いました」などと嘘をつかない。

嘘はつかないし、「これくらいなら気にすることはありませんよ」などと言われると恐縮もするが、失敗がわからなくなるまで夜を徹して手直しをしたのに、それを強引に聞き出されたりすると苛立ってくる。聞き出しておいて、「やっぱり、わかりますね」などという女には、「今日の手間賃はいただきませんが、二度とお仕事は引き受けません」と言いたくなる。それで出入りをしなくなった家も、一軒や二軒ではない。

今に、わたしはひとりぼっちになっちまう。いや、もうなっているかもしれない。目の前で、音のしない花火が光った。少し光り過ぎると思ったが、真っ白な光はすぐに黒くなった。

気がつくと、大柄な女の腕の中にいた。女の腕の中をのぞき込んでいる男もいる。女も男も知っていた。中島町澪通りの木戸番女房のお捨《すて》と、しばしば自身番屋《じしんばんや》に家主《やぬし》のかわりに詰めているいろは長屋の差配《さはい》、弥太右衛門《やたえもん》だった。

「よかった。気がつきなさいましたよ」

お捨が弥太右衛門に言った。

「お水、飲めますかえ。飲めたら、沢山《たくさん》飲んだ方がいいけど」

お捨が水の入った竹筒を差し出した。「用意がいいなあ」と、弥太右衛門が言う。

「死んだ娘のお墓参りに行こうと思ったのだけど、この通りの暑さでしょう。それにわたしはすぐにお腹《なか》が空《す》くから、お水とおむすびは持って行こうと思って」

お捨は転がるような声で笑いながら、竹筒をお吟に持たせた。お吟は、お捨のやわらかな軀の中にもぐっていたような自分の軀を、そっと起こした。

水など飲みたくなかったが、飲まなければいけないという思いはあった。お吟は、竹筒に口をつけた。陽射しに暖められた水は、まずかった。飲めないと思ったが、最初の一口が軀の中へ入って行くと、次の一口が欲しくなった。お吟は、遠慮なく竹筒を空《から》にした。

「すみません。みんな飲んでしまいました」

「いいんですよ、気にしないで」

「あの、お捨さん、娘さんがいなすったんですか」

「そうなの。うんと小さい時に亡くしちまったんだけど」

「生きていれば、わたしくらい？」

「そうねえ。お吟さんよりもう年上になってますよ」

「可愛い盛りでしたねえ。お気の毒に」

「可愛い盛りでしたけど、考えようですよ。十七、八で逝けば、せっかくここまで育てたのにと嘆くでしょうし、嫁いでからあの世へ行けば、子供の顔が見たかったろうにともっと涙が出ますよ、きっと。愚痴《ぐち》の種はつきないんですねえ」

愚痴の種はつきないと言いながら、見事な諦《あきら》めようだった。子供のことを忘れているわけではない。

「くよくよと思い出すことばっかりでねえ」

「うちの伜《せがれ》は、どこへ行っちまったのかわからねえしな」

と、弥太右衛門がぽつりと言った。

「が、ここで愚痴の言いっくらをしたってはじまらねえ。とにかく、日陰へ行こう」

「そうしましょう。お吟さん、歩けますかえ」

　お吟は、小さくうなずいて立ち上がった。お捨が肩を貸してくれた。寄りかかって歩いては暑いのではないかと思ったが、お捨の軀からはよい匂《にお》いが漂《ただよ》ってくるだけで、歩いても火照《ほて》ってくるようなことはなかった。

「お捨さんは元気だね」

　と、うしろから歩いてくる弥太右衛門が言う。

「さっきもね、谷中《やなか》のお寺へ行くっていうから、それじゃそこまで一緒に行こうって番小屋を出たんだよ。そうしたらお前、目の前を通り過ぎたお前のようすがおかしいってんでね」

　お吟のあとをつけはじめたというのである。十万坪は、谷中への方向とは反対になる。

「弥太右衛門さんは先にお帰り下さいって言われたって、この炎天下だぜ。お捨さん一人をやれるものかとついてきたが、俺の方がへたばっちまったよ」

「ごめんなさい」

「ま、いいわな。お吟さんと一緒にへたばったと思うと、何か、浮き浮きするね」

「ま、先にお帰り下さいと言った時、お捨さんと一緒に歩けるのなら浮き浮きするからと言いなすったのは、嘘だったんですか」

「嘘じゃないさ。嘘じゃないけど」

「お蕎麦《そば》くらい、弥太右衛門さんにおごっていただきましょ。ね、お吟さん」

お吟は泣き出しそうだった。こういう話がしたいと、数十年も待っていたような気がした。それに、しがみついていたものを手放さなければいけないこともわかった。照り霞んでいた十万坪に、かすかだが、風が吹き渡って行った。

第五話　七分三分

「これで、いかがですか」

「いかがですかだなんて」

お捨《すて》は口ごもって、今結《ゆ》ってもらったばかりの髪に手を当てた。女髪結いのおのぶは、鏡台の上に伏せてあった鏡をとってお捨に渡し、自分が持ってきた鏡でうしろの方を映《うつ》してみせた。

さすがにお捨が結う髪とはちがい、髱《たぼ》のかたちも根を低くしてもらった髷《まげ》のかたちも、たっぷりと丸みを帯びている。

「まあ、どうしましょう。こんな着物を着ていたんじゃ似合いませんよねえ」

「いえ、お捨さんなら大丈夫ですよ」

おのぶは、自分の結った髪を惚《ほ》れ惚《ぼ》れとした目で眺《なが》めた。

「お捨さんは色が白くって綺麗《きれい》だから、きっと何を結いなすっても似合いますよ」

「とんでもない。この年齢《とし》になると、髪は薄くなるし、白髪《しらが》も皺《しわ》もふえるし」

「何を言ってなさるんですか。お捨さんがそんなことを言いなさると、同じ年頃の女はみんな、厭味《いやみ》を言うなと怒りますよ。皺なんざ、どこにもないじゃありませんか」

「あら、また太ったのかしら。太ると、皺のできる余裕がなくなってしまうの」

「結構じゃありませんか」

おのぶは、大笑いをしながら持参の櫛《くし》や毛筋《けすじ》を前掛けにくるんだ。

「お礼をするなんて言いながら、とんだお邪魔《じやま》をいたしました」

「いいえ、とんでもない。めずらしくはないお菓子ですけど、召し上がって行って下さいな」

「それじゃ遠慮なく」

おのぶは前掛けの紐《ひも》を解《と》き、櫛や毛筋をくるんだまま脇に置いた。お捨が鉄瓶《てつびん》をとろうとして長火鉢《ながひばち》をふりかえると、おのぶの使った香油《こうゆ》の匂《にお》いが漂《ただよ》った。

お捨は、また髪に手を当てた。娘の頃は、女髪結いでなくとも、母や女中が毎日結いなおしてくれたものだが、深川中島町澪通《ふかがわなかじまちようみおどお》りの木戸番《きどばん》小屋に辿《たど》りついてからは、はじめて人に結ってもらった。自分で結うと、どうしても髷の根元を結わえる力がゆるくなるのだろう、はじめのうちは毎日のように結いなおしていたものだが、そのうちにゆるさに慣れてきた。今はむしろ、おのぶがきっちりと元結《もとゆい》を結んでくれたきつさが気になってしまう。

「気に入りません？　うまく結えたと思うんだけど」

おのぶが心配そうに言う。

「とんでもない」

お捨は、あわててかぶりを振った。また香油が匂った。

「何十年ぶりかしら、こんなにきれいな髪を結ったのは。だから、大事なものなんだけどこわれやすいものが頭にのっているようで、すぐに手で押えてしまうの」

「やだ、お捨さんたら」

おのぶはほっとしたように言って、菓子に手をのばした。笑兵衛《しょうべえ》の好きなみめよりという菓子だった。金鍔焼《きんつばやき》に似ているが、餡《あん》をつつんでいる皮が薄く、笑兵衛は「餡だけ食えていい」と言っていた。

「助けてもらったお礼に髪を結いにきたのに、かえってお菓子をご馳走《ちそう》になっちまって」

「助けてもらっただなんて、大袈裟《おおげさ》な」

十日ほど前のことだった。佐賀町《さがちょう》まで出かけたお捨が、うめき声に驚いて路地《ろじ》をのぞくと、三十二、三と見える女が蹲《うずくま》っていた。小粋《こいき》な感じのする女だったが、くるくると前掛けを巻いているので、一目で女髪結いだとわかった。おのぶだった。

「どうしなさいました」

お捨が路地へ入って行くと、女――おのぶは唇《くちびる》に指を当てて「しっ」と言った。

「追いかけられているんだよ、しつっこい奴《やつ》にさ」

お捨は、路地の入口をふりかえった。そういえば、人相のわるい二人の男がうろついていたと思った。男は堀川町《ほりかわちょう》の方へ歩いて行ったが、少しあとを歩いていた大柄《おおがら》なお捨の姿は彼等《かれら》の目に映っていた筈《はず》である。うめき声に驚いて路地へ入ってしまったが、お捨の姿が見えなくなったことで、せっかく通り過ぎた路地の入口へ、引き返してこないともかぎらなかった。

が、まだ人通りはある。女二人が男にからまれているのを、黙って見ている人ばかりではあるまい。お捨はそう言って立ち上がろうとしたが、おのぶは足首を指さした。紫色の切れた鼻緒《はなお》がひっかかっている足首は、異様なほどふくれ上がっていた。路地へ駆《か》け込んだ時にひねったようだった。

お捨は、おのぶを抱き起こした。怪我《けが》をしているのなら、なお行き交う人達が味方になってくれる筈だと思った。

こわがるおのぶを抱きかかえて、お捨は路地の外へ出た。男達はやはりお捨の姿が見えなくなったことを不審に思ったようで、駆け戻ってくるところだった。

「ほら、ご覧な」

おのぶがお捨にしがみついたが、お捨は男達に正面から向かい合った。「どこの女か知らねえが」と、男の一人が懐《ふところ》から十手《じって》を出した。佐賀町あたりを縄張《なわば》りにしている、岡《おか》っ引《ぴき》のようだった。

「この人が何をなすったんですか」

「別に」

と、岡っ引は言った。

「が、定町廻《じょうまちまわ》りの旦那《だんな》の話じゃあ、先日、世の中が贅沢《ぜいたく》に慣れてきたとお奉行様《ぶぎょうさま》が仰有《おっしゃ》ったそうだ。男は手前《てめえ》の髪を手前《てめえ》の手じゃ結わねえから髪結いがいるが、女は手《て》前《めえ》で結うのが当《あた》り前《めえ》だ。なのに、代金をとって髪を結ってまわる奴がいる。だから、近頃の若《わけ》え女は髪の結い方も知らねえってことになる」

岡っ引は、大柄なお捨を見下ろすほどの大男だった。

「おまけに、この女は大工《だいく》だった亭主《ていしゅ》までろくでなしにしちまったんだぜ。どんな了《りょう》見《けん》で女髪結いをしているのか、ちょいと番屋で聞いてみてえんだよ」

何事もないとわかっていても、自身番屋《じしんばんや》に連れて行かれるのをいやがらぬ者はいない。おおかたは小遣い銭を握らせて、何卒《なにとぞ》ご勘弁《かんべん》と言うだろう。それが岡っ引の狙いなのだった。

「ついでにお前《めえ》さんにもきてもらうか」

岡っ引がお捨の腕をつかんだ時だった。お捨さんじゃねえかと、声をかけてくれた男がいた。中島町、大島町《おおしまちよう》、黒江町《くろえちよう》周辺へ市中見廻りにくる、若い定町廻り同心《どうしん》の神《かみ》尾左馬之介《おさまのすけ》だった。

岡っ引がお捨は無論のこと、おのぶにも頭を下げて逃げて行ったのは言うまでもない。女が代金を払って髪を結ってもらうことが、悪風だの悪習だのといわれているのを左馬之介が知らない筈はなかった。目はさすがにおのぶの前掛けにそそがれたが、黙って肩を貸してくれて、医者まで連れて行ってくれた。それをおのぶは、お捨に助けられたと言っているのだった。

足も思いのほかに早く癒《なお》ったようで、住まいのある佐賀町から、軽くひきずってはいるものの、一休みすることもなくこられたと言っていた。

「わたしが休んじまったら、亭主の和吉《わきち》と二人、おまんまの食い上げだし、それにあれからこっち、岡っ引の五郎蔵《ごろぞう》もわたしの前にゃまったく姿を見せないし」

と、おのぶはお捨に手を合わせてみせて、今は思う存分稼《ぞんぶんかせ》いでいるのだと言った。

「おや、誰かと思ったら、うちの婆《ばあ》さんじゃねえか」

笑兵衛だった。木戸番の仕事は夜廻りと、夜が更《ふ》ければ町木戸を閉め、医者や産婆《さんば》などのほかやむをえない用事のある者をくぐり戸から通してやることで、夜は眠れない。

明《あ》け六《む》つに木戸を開け、朝飯を食べ、湯屋《ゆや》へ行ったあとで眠れとお捨は口やかましく言うのだが、いろは長屋の差配《さはい》、弥太右衛門《やたえもん》が自身番屋の当番になると、将棋《しょうぎ》をさしに番屋へ行ってしまう。いや、非番の日でも、弥太右衛門は女房と顔をつきあわせていると用事ばかり言いつけられるなどと言って、将棋をさしにくるのである。

弥太右衛門の女房に言わせると、頼むのは軒下《のきした》の蜘蛛《くも》の巣をはらってくれなどという用事ばかりで、そのほかのことは、弥太右衛門が将棋をさしている間にみんなわたしがやっているということになるのだが、弥太右衛門は、六分四分《ろくぶしぶ》で俺《おれ》が家の中のことを片付けていると言っていた。

「いやあ、見違えたよ。お捨さんはきれいだと思っていたんだが、とてつもなくきれいな人だったんだなあ」

先刻、笑兵衛を呼びにきて、「実は非番なんだけどね」と首をすくめていた弥太右衛門が、感《かん》に堪《た》えぬような声で言った。今日も、女房から言いつけられる用事から逃げてきたのかもしれなかった。

「いいなあ、笑さんは。うちの婆さんなんざ、髪結いをたのんだって、がっかりするだけだものなあ」

「何を言ってるんだよ。お捨、弥太さんにもみめよりを出してあげてくんな」

よい機《おり》だと思ったのだろう。おのぶが腰を浮かせて、「わたしはそろそろ」と言った。帰るというのだった。

お捨は笑いを嚙《か》み殺しながら、おのぶを見送りに土間《どま》へ降りた。「とんだお邪魔をしちまって」と挨拶《あいさつ》するおのぶに、無口でどちらかといえば無愛想《ぶあいそう》な笑兵衛がていねいな礼を言ったのだった。


「ちょいと」

と、おのぶは和吉を呼んだ。

「そこに埃《ほこり》がたまってるじゃないか。きちんと掃《は》いておくれよ」

「どこだよ」

「そこ」

髪結い道具をくるんだ前掛けの中に手をいれているので、あごを突き出すことになる。やむをえないと思うのだが、先日、同じような光景を見た隣りの女房は、「いくら何でもさ、亭主をあごでこき使うのはひどいんじゃないかえ」と眉《まゆ》をひそめた。

「わかったよ。きれいに掃いておくよ」

和吉は、台所からたすきを取ってきた。台所の柱に打ってある釘《くぎ》には、おのぶが一人で住んでいた頃には、おのぶのたすきがかけてあった。が、和吉と所帯《しょたい》をもってからは、和吉のたすきがかけられている。おのぶのたすきは仕事に出てからかけるので、竈《へっつい》の煙でくすぶらないよう、いつも髪結い道具と一緒に前掛けにくるんである。

「それじゃ、稼ぎに行ってくるよ」

「はいよ。行っておいで」

「いつも言ってることだけど、洗濯物は陽《ひ》のあるうちにとりこんでおくれよ。日が暮れてからとりこむと、せっかくからからに乾いたのが、しめったようになっちまうからね」

「わかってるよ」

「それから、昼ご飯は干物《ひもの》でいいけど、角の煮豆屋で座禅豆《ざぜんまめ》を買っといておくれな」

「何だい、ゆうべは、ひさしぶりに料理屋へ食いに行こうかって言ってたくせに」

「料理屋は明日にしようよ。何だか急に、角の煮豆屋の座禅豆が食べたくなっちまったんだよ。あの艶《つや》のいい黒豆が、もう目の前にちらちらしてるんだもの」

「わかったよ。まったく気が変わりやすいんだから」

「それじゃ、行ってくるね。これから二軒まわるから、帰りは九つ過ぎになっちまうかもしれない」

「はいはい、空《す》きっ腹《ぱら》をかかえて、お帰りをお待ちしてますよ」

和吉は器用にたすきをかけて、台所へ入って行った。箒《ほうき》を取りに行ったようだった。

おのぶは、その後姿を見送ってから家の外へ出た。中《なか》ノ堀《ほり》沿《ぞ》いの道を南へ曲がった横丁にある仕舞屋《しもたや》で、決して大きな家ではないが、和吉の暮らしていた長屋にくらべればましだと思う。

隣りの女房はおのぶの態度に呆《あき》れているようだが、おのぶにしてみれば、可哀《かわい》そうだと思った男を三度のご飯を腹いっぱい食べさせるようにしてやったのだ。和吉を満腹にさせてやるためには、おのぶが佐賀町の大店《おおだな》から表櫓《おもてやぐら》、裏櫓《うらやぐら》などと呼ばれる岡場《おかば》所《しょ》の遊女屋まで、こまめにまわって稼がねばならないのである。

はじめて和吉に会った時を思い出す。もう三年あまりも前のことになる。松賀町《まつがちょう》の小売りの米屋でのことだった。

踊りを習いはじめる娘を連れて、母親が師匠へ挨拶に行くので髪を結ってもらいたいと頼まれて、おのぶは松賀町の米屋を訪れた。その時に、井戸端の洗い場をなおしていたのが和吉だった。

母親の髪を結いおえて、父親と世間話をしていた時に、はしゃぎながら部屋へ入ってきた娘が硯《すずり》につまずいて、硯に残っていた墨《すみ》がおのぶの手へ飛んだ。恐縮した父親が井戸へ案内してくれて、手につるべの水をかけてくれたのだが、おのぶはその手を拭《ふ》くのも忘れて、父親と顔を見合わせた。

和吉は、もう水を流しても大丈夫だと言った。が、おのぶの手の墨を流した水は、和吉のつくった樋《とい》を溯《さかのぼ》って流し場へ戻ってきたのである。

「またかえ、和吉《わきつ》つぁん」

と、米屋の主人は苦笑いをして言った。

「和吉を頼むというのが、仲のよい友達だったお前のお父《とっ》つぁんの今際《いまわ》のきわの言葉だったから、この樋の直しもお前に頼んだのだがねえ」

「すみません。すぐ直します」

和吉は耳朶《みみたぶ》まで赤くなって、蚊《か》の鳴くような声で詫《わ》びた。おのぶが二十九の時で、和吉は二十六になっていた筈なのだが、二十そこその若者に見えた。まだ修業中にちがいない若者に一人前の仕事をさせる方がわるいと思い、米屋の主人が娘に呼ばれて井戸端から離れた隙《すき》に、おのぶは和吉に話しかけた。

「いくら亡《な》くなったお父つぁんの頼みだからって、この仕事はお前さんにゃむりだよ。親方にそう言って、兄弟子を寄越してもらいな」

和吉は、先刻よりももっと小さな声で答えた。

「親方はいないんです」

「どうして」

「追い出されました」

「それではんぱな大工になっちまったってわけかい」

「いえ、はじめっからはんぱだったんで、追い出されたんです」

「ばか」

真顔で言っているのがおかしくて、おのぶは思わず言った。

「ま、いいや。食えなくなったら、うちへおいで」

佐賀町の中ノ堀沿いの横丁に住んでいる女髪結いだとは確かに言ったが、まさか、ほんとうにたずねてくるとは思わなかった。

ぬるま湯のような雨の降る日だった。和吉は、道具箱一つ持たずにあらわれて、おのぶの顔を見ると泣きそうな顔になった。いなかったらどうしようと、そればかりが心配だったというのである。大工道具も質に入れ、その金も尽きて、昨日から米粒一つ口に入れていないというのだった。

「俺、仕事がなくなっちまって」

樋の勾配《こうばい》もうまくできぬ大工では、仕事がなくなるのも当り前かもしれなかった。

「で、俺、棟梁《とうりよう》の伯父《おじ》さんのほか、身寄りがねえから」

たった一人の身内である伯父が追い出したのならば、少しは腕を上げて戻ってこいという温情があったにちがいないが、和吉では腕の上げようもないだろう。

「いいよ」

と、おのぶは言った。大工道具を質から出してやり、しばらく養っている間に近所の縁側《えんがわ》の修理でもさせて、大工に戻らせてやろうと考えたのだが、むりだった。幸いと言ってよいかどうか、隣りが濡《ぬ》れ縁《えん》を直したいと言ってくれて、和吉もいそいそと道具箱をかついで出て行った。和吉は懸命に修理をしたようだが、隣りは三日後に別の大工を呼んだようだった。

申訳ないから出て行くと、和吉も言った。が、おのぶは、和吉にいてもらいたくなっていた。

遊女屋での仕事は、多くの場合、夕七つまでに終るのだが、時によっては暮れ六つまでかかってしまうこともある。髪結いはおのぶさんでなくてはいやだと遊女が言っているのに客が帰ってくれない時がそれで、朝早く商家の髪結いに出かけたあと、「待っていておくれ」と言われると、疲れで笑っている顔がひきつってしまうこともあった。

和吉がくる前は、途中で蕎麦屋《そばや》へ寄り、空腹を満たして帰ってきたものだった。家に帰るとまず湯を沸かし、その間に床《とこ》をとって、鉄瓶の湯はそのままに火だけを消して湯屋へ行き、烏《からす》の行水《ぎょうずい》で帰ってくる。茶を飲むのはそれからだった。少しでも坐《すわ》ってしまうと動くのがいやになり、湯屋へも行かずに床へ入りたくなるのである。

我ながら「女のくせに」と思うのだが、和吉がきてからは、蕎麦屋へ寄ることはなくなった。おのぶの好物の生節《なまり》を煮て、むきみの入ったぬたをつくり、わかめと豆腐《とうふ》の味噌汁《みそしる》だけをつくればよいようにして待っていてくれるのだ。味噌汁は、湯屋へ行ったあと、一合か二合の晩酌《ばんしゃく》をかたむけてから暖めてくれる。香《こう》のものとで、ご飯が食べられるようにしてくれるのである。

ここにいてくれとは、おのぶが言った。和吉も下手《へた》な仕事をして苦情を言われるより、食事をつくったり洗濯をしたりして、おのぶに喜んでもらう方がよかったにちがいない。それ以来、道具箱は戸棚の隅にしまわれて、どこで見つけてきたのか、たすきが台所の釘にかけられるようになった。

思いがけない幸せだった。女髪結いなどという、重宝《ちようほう》がられる割には、女が自分で髪を結わなくなったのは悪風の何のといわれる商売をして、一生独り身のままかもしれないと諦《あきら》めていたのだが、和吉も、おのぶさんのような人がいいと言ってくれた。

おのぶは、所帯をもったと知り合いに言ってまわった。言うまでもなく、そんなかたちでおひろめをする前に夫婦となっていて、和吉と暮らすのは嬉《うれ》しいけれど、苛々《いらいら》もするだろうと思っていた。和吉は和吉で、おのぶにこき使われるだろうと覚悟していたようだった。

「ま、いいわね、破鍋《われなべ》にとじ蓋《ぶた》だ」

おのぶは、最初の客である松賀町の商家の裏口へまわった。

二軒めの約束は、平野町《ひらのちよう》の干鰯問屋《ほしかどんや》だった。面倒なので干鰯問屋と呼んでいるが、看板には「鰯魚《ほしか》〆粕魚油《しめかすぎよゆ》問屋《どんや》」と書かれている。魚油と、魚油をしぼったあとの粕を肥料として売っているのだった。

裏口へまわると、待っていたように女中が出てきて、たった今、ふいの来客があったのだと言った。遠方からわざわざたずねてきた得意先なので、内儀《おかみ》も知らぬ顔をするわけにはゆかぬのだという。

　お礼は必ずすると言う女中にかぶりを振って、おのぶは外へ出た。こういう時もあると思った。家へ帰って座禅豆だと思ったが、三角屋敷《さんかくやしき》から材木町《ざいもくちょう》へ渡る丸太橋《まるたばし》まできたところで声をかけられた。表櫓にある遊女屋の若い者だった。

「よかった」

　と、使い走りや掃除などをひきうけている若い者は、胸を撫《な》でおろすような大仰《おおぎょう》なしぐさをしてみせた。

「うちの板頭《いたがしら》のおしなさんに、今夜いい人がくるかして、おのぶさんに髪を結ってもらいたいと言い出したんだよ」

　遊女達が客の呼び出しを待っているところを深川では子供屋というが、小松《こまつ》という子供屋――遊女屋のおしなは、おのぶの軀《からだ》があいているかぎり、おのぶを呼ぶ。おのぶに先約が入っていると、機嫌がわるくなるらしい。

　おのぶの帰りを待っているにちがいない和吉と座禅豆が気になったが、おのぶは若い者のあとについて表櫓へ行った。

　おしなの髪を結っているうちに、別の遊女から「わたしも」という頼みがあり、その遊女の髪を結っているうちに、顔を合わせたこともない遊女から、ほかに約束がないのならと言ってきた。

断ろうかと思ったが、一家の稼ぎ手はおのぶだった。いずれ、養子か養女をもらおうとひそかに思っているのだが、その日のためにも稼いでおかなければならなかった。おのぶは、三人の髪を結って表櫓を出た。八つを過ぎていて、目がまわるほど空腹だったし、疲れていた。蕎麦屋へ寄ろうかと思ったが、早く家へ帰って座禅豆を茶請《ちゃう》けにして濃い茶を飲みたかった。

おのぶは、黒々と光る座禅豆を口へ放り込み、和吉が熱い茶をいれてくれる光景を脳裡《のうり》に描きながら佐賀町までの道を歩いた。夏になったとわかっているつもりだったが、昼下がりの陽射しは思いのほかに強く、「わたしゃ疲れているし、お腹《なか》が空いているんだ」と苦情を言ってやりたかった。

おのぶは、また一歩座禅豆に近づいた、今度は二歩近づいたと考えながら歩くことにした。座禅豆を食べているところでも想像していなければ、空腹に強い陽射しで、目がまわってしまいそうだった。

ようやく横丁の角が見えてきた。煮豆屋はもう売り切れてしまったらしく、戸を閉めていた。おのぶは横丁に入り、開け放しになっている格子戸《こうしど》の外から「今、帰ったよ」と言った。空腹で、声がかすれているような気がした。

これも開け放しの障子《しょうじ》の陰から、和吉が顔を出した。

「お帰り。遅かったじゃねえか」

「表櫓の小松に呼ばれちまってさ。昼飯も食べずに働かされちまったよ」

「え、めしは食えなかったのか。俺《おら》あ、どこかでご馳走になっているんだと思って、先に食っちまったぜ」

「いいよ。わたしゃ、早く座禅豆を食べたい」

「座禅豆？」

「そうだよ。それとも、塩鮭《しおじゃけ》のお茶漬けを先にお腹に入れてから、ゆっくりと座禅豆を食べようかな」

「座禅豆、座禅豆って言ってるけど」

「何だよ、忘れたのかえ」

目の前までできていた座禅豆をほおばり濃い茶を飲む光景が、はじけて消えた。空腹と強い陽射しに耐えるために、ひたすらすがりついていた光景だった。

「今朝、出かける前に頼んだじゃないか。買っといておくれって」

「わるかったよ、買ってくるよ」

「もう遅いよ。煮豆屋は閉まってるよ」

「勘弁してくんな。俺あ、掃除の方に気が行っちまって」

「何言ってんだい。わたしゃ朝の五つから、ご飯も食べずに働いてるんだよ。それも、わたしが死んじまったら、お前が食うに困るだろうと、働き者の養子でももらっておこうと考えてのことなんだ。頼まれたことくらい、ちゃんとやっとくれ」

「わかったよ。何も、そうがみがみ言わなくっても」

「がみがみ言いたくなるようなことを、お前がしているんじゃないか」

和吉は口を閉じた。上目遣いにおのぶを見た目がうらめしそうだった。


格子戸が勢いよく開けられた。

「おのぶ、いるか」

野太い男の声だった。仕事から帰ってきたおのぶより先に、和吉が飛び出して行った。

「お前《めえ》、この間、小松に頼まれた髪結いを断っただろう」

と、男は表口の上《あ》がり框《かまち》に手をついてわめいている。先日、岡っ引の五郎蔵の隣りにいた男で、名前は知らないがこの界隈《かいわい》に引っ越してきたのかもしれない。二、三日前にもすれちがったのだが、その時は、会釈《えしゃく》をするような素振りさえした。定町廻り同心の神尾左馬之介の知り合いとわかって、一目《いちもく》おいてくれたのだとばかり思っていた。

「おしなが困ってたんだぞ」

そう言われても困る。おのぶの得意先は商家の内儀や娘で、評判を聞きつけた表櫓のおしななどがぜひと言ってきたが、商家からは昼前にと頼まれることが多い。遊女屋へは、はじめから昼過ぎでよければ行くという約束だったのだ。出かける支度《したく》をしている時に若い者が飛び込んできて、四つでいいから昼前にきてくれと言われてもかぶりを振るほかはないのである。

「ばかにしやがって」

男は手をのばして、おのぶを三和土《たたき》へ引きずりおろそうとした。

「よせよ」

和吉がその手を払った。「へええ」とおのぶは思った。男が「痛《いて》」と悲鳴をあげたのだった。

「痛えじゃねえか、ばか」

一瞬、和吉がたじろいだように見えた。が、精いっぱいの勇気をふりしぼったのかもしれない。「外へ出ろ」と言って、男の肩を突いた。

驚いたのは、男が和吉の言葉に従ったことだった。おのぶを睨《にら》みはしたものの、先に外へ出て行った和吉のあとを追って行ったのである。

「あの人にも、こういうところがあるんだ」

そう思うと、座禅豆を買い忘れたことをがみがみと叱《しか》りつけたのを、うらめしそうな顔をしながら言い返しもせずに受け流してくれたのは、和吉の中にあった男らしさのせいだったように思えてくる。ことによると、晩酌のちろりを、あちちと言いながら銅壺《どうこ》から取り出して、必ずおのぶの猪口《ちょこ》へ酒をついでから手酌で飲んでいたのも、おのぶが和吉の猪口へついでやらなかったからかもしれなかった。

おのぶの脳裡を、和吉にしなだれかかって酌をしている光景がよぎった。おのぶにしても、その方がいいのである。

そんな風になれたらと思ったが、ふっと、外へ出て行った和吉が気がかりになった。喧嘩《けんか》となった時に女のおのぶを巻き添えにしてはいけないと思い、外へ連れ出したにちがいないが、男は、大男の五郎蔵に負けぬ体格の持主だった。男が和吉に喧嘩を売られたと思い、売られたものは買うと腕まくりをすれば、和吉は殴《なぐ》られる一方で、殴り返せぬのは目に見えていた。

「冗談じゃない」

おのぶは、家の中を見廻した。和吉が料理をするようになって、庖丁《ほうちょう》の数は四、五本にふえていたが、万一男に刺さってしまったら人殺しになりかねない。和吉にしなだれかかって晩酌を楽しもうという時に、そんなことになってもらいたくなかった。

おのぶは迷った末に、高箒《たかぼうき》を持って行くことにした。これも気づかぬうちに、新しいものになっていた。道理で家の前の道に、箒の目がついていたと、つまらぬ時につまらぬことを思った。

どちらへ行っただろうと迷ったが、おのぶは、中ノ堀と仙台堀《せんだいぼり》がぶつかりあうところへ行ってみることにした。中ノ堀をはさんで北側の西永代町《にしえいたいちょう》には干鰯場があり、干鰯問屋や料理屋もあるが、南側の堀川町には小売りの店があるだけで、枝川《えだがわ》沿いは静かである。

が、二人の姿はなかった。遠くへ行く筈はなく、おのぶは堀川町から西永代町へ渡り、和吉を探しながら富田町《とみたちょう》との横丁を通って、仙台堀まで行くことにした。高箒を持ったままで、少々恥ずかしかったが、やむをえなかった。

横丁へ入った時に、和吉の声が聞えた。中ノ堀沿いにある家と、横丁にある家との間にある狭い路地から聞えてくるようだった。

大丈夫かえ、お前さんと言いながら駆け出しそうになった声と足を、おのぶは懸命にとめた。和吉は、「勇七《ゆうしち》さん」と男を呼んでいたのである。おのぶは、高箒を抱きしめて足音をしのばせた。「だからさ」と言う和吉の声が聞えてきた。

「だからさ、つい力が入っちまったんだって、そう言ったじゃないか」

「それは、もういいよ」

と、勇七と呼ばれた男が言った。三和土へ入ってきた男と同一人物とは思えない、穏やかな声だった。

「俺は、五郎蔵親分にゃ内緒でこんなことをしたんだぜ。あいつとは幼馴染《おさななじ》みで、しょうがねえからつきあってるが、ほんとうは縁を切りてえんだ」

「わかってるよ」

「そんな時に、お前《めえ》に金をもらってお前の女房を脅《おど》す真似《まね》をしたなんて知れたら……」

何も見えなくなった。何も考えられなかった。おのぶは、高箒を振り上げて路地へ飛び込んだ。

人の騒ぐ声が聞えて、お捨は、仙台堀の枝川に沿った道へ出て行った。

中島町は西側を枝川に、東を黒江川、南を大島川にかこまれていて、自身番屋が大島川を背にして建てられている。木戸番小屋は番屋の向かい側にあり、お捨が小屋を飛び出すのとほとんど同時に、当番の弥太右衛門と、弥太右衛門と将棋をさしていた笑兵衛が飛び出してきた。

「何だえ、あれは」

弥太右衛門の声が背後で聞えたが、お捨は答える余裕もなく、目を見張った。大の男二人が「そんなに怒るなよ」と言いながら逃げてきて、高箒を振り上げた女が裾《すそ》を乱して追ってくるのである。

「ひょっとして、あれはおのぶさんじゃないかしら」

間違いなかった。小粋な身なりも、近づいてくるにつれてはっきりとしてきた顔立ちも、おのぶにちがいなかった。

だが、逃げてくる一人は、先日、五郎蔵の隣りにいておのぶをねめつけていた大男だった。しかもよく見ると、その男が立ちどまり、おのぶから高箒をもぎ取ろうと向っていくのを、華奢《きやしや》な軀つきの男の方が懸命にとめている。男達より当然足の遅いおのぶがその間に追いついて、華奢な男にも大男にも高箒が振り下ろされるのである。

そんなことをどこから繰返してきたのかわからないが、ともかく落着かせようとお捨は思った。ついてきてと目で合図をして走り出すと、二つの足音がついてきた。笑兵衛だけではなく、弥太右衛門もついてきたようだった。

大男がまた足をとめ、踵《きびす》を返した。おのぶの高箒をもぎとるつもりらしい。華奢な男が大男にしがみつき、大男は、華奢な男の手を乱暴に振り払った。

「勘弁してやってくんな、勇七さん。みんな俺がわるいんだ」

「お前《めえ》は高箒で殴られてもいいかもしれねえよ。が、俺はどうなるんだ。わずかばかりの金で、お前《めえ》にひっぱたかれるわ、女房にゃ高箒で殴られるわじゃ、間尺《ましやく》に合やしねえ」

勇七と呼ばれた大男は、華奢な男を押しのけておのぶと向かい合った。おのぶが高箒を振り下ろしたが男は難なくかわし、箒の柄《え》に手をかけた。

「何をするんだよ」

「何をするってな、こっちの言うことだ。こんなもので殴られたら、どれほど痛いか殴られてみろってんだ」

およしなさいとお捨が叫んだが、高箒は力まかせに振り下ろされた。振り下ろされたが、悲鳴は男のものだった。華奢な男が咄嗟《とつさ》におのぶをかばい、高箒に殴られたのだった。

高箒は頭をそれて当ったようだが、それでも相当な力がこめられていたのだろう、華奢な男は地面に倒れて動かなくなった。

「お前さん」

と、おのぶは金切《かなき》り声《ごえ》で叫び、華奢な男に駆け寄った。

「何するんだよ、大事な亭主に」

「何するんだよって、お前《めえ》が散々叩《たた》いていたんじゃねえか」

「何言ってるんだい、大事な亭主を、誰が力いっぱい叩くかよ」

「嘘つけ。俺も叩かれたが、痛かったぜ」

そう言いながら大男も華奢な男に近づいて、心配そうに顔をのぞき込んだ。

お捨は、年下の男と所帯をもったとおのぶが話していたのを思い出した。華奢な男は、亭主の和吉なのだろう。

「お前さん、しっかりして」

戸板をはこばせようと思った。笑兵衛もそのつもりだったようで、木戸番小屋へ向かって走り出していたが、「大丈夫だよ」という和吉の声が聞えた。

「大丈夫だけど、痛え」

「立てるかえ」

「むりかもしれねえ」

誰か戸板をと言いかけて、おのぶはようやくお捨の姿に気づいたようだった。

「すみません、お捨さん、ご覧の通りの始末《しまつ》です。早く戸板を」

「戸板には及ばねえだろう」

笑兵衛だった。笑兵衛は、呆然《ほうぜん》と立ち尽くしている勇七に目で合図をし、和吉に背を向けて蹲った。背負って行くというのだった。

「医者へ連れて行けば、五郎蔵のような奴がやってくるかもしれねえ。それより、医者にうちへきてもらった方がいい」

和吉が勇七に助けられて起き上がり、恥も外聞もなく笑兵衛に寄りかかった。笑兵衛は和吉が倒れたのは痛みに驚いただけと判断したのだろうが、お捨もそう思った。おのぶが殴られていれば、痛みを忘れて勇七につかみかかっていたかもしれなかった。

「三人とも知り合いのようだが、いったい何でこんなことになったんだえ」

と、弥太右衛門が言う。

「うちの人がわるいんですよ。何もしなけりゃいいものを、よけいなことをするから」

おのぶは、幾度も「大丈夫かえ」と和吉に尋ねたあとで、お捨が想像した通りのことを言った。笑っては申訳ないが、口許《くちもと》がほころびた。

「お前《めえ》だって、男だろうが」

と、弥太右衛門が笑兵衛に背負われている和吉に言う。

「座禅豆、座禅豆と騒ぐ女房も女房だが、それを根にもって、こんな男を家にこさせるとはね」

「こんな男だなんて、ひどいじゃねえですか」

笑兵衛を助けているつもりか、ぐったりと背負われている和吉の腰に手を当てている勇七が不満そうに言い、弥太右衛門が肩をすくめた。

「おのぶさんが五郎蔵に小遣い銭を強請《ゆす》られそうになった時、隣りにいたのがお前《めえ》だっていうじゃねえか」

「その通りでやすが、幼馴染みなので、そういう時に呼び出されちまうんで」

「で、のこのこ出て行くのか」

「だって、こわいじゃねえですか」

思わずお捨は笑い出した。見かけはまるでちがうが、勇七も和吉と同じ型の男だったのかもしれなかった。同じ型の男なら、和吉のつらさもよくわかったにちがいない。おのぶの言いなりになっている情けなさ、五郎蔵の呼び出しに応じなければならぬ情けなさなど、二人に共通するものは幾つもあっただろう。

弥太右衛門もそう思ったのだろう。「ばかなことを考える奴だ」と言った。

「女房にいいところを見せて、少しは女房の言うことをきかねえですむようになりてえと思ったんだろうが。九割かた、おのぶさんの言いなりになっていてもしょうがねえじゃねえか」

木戸番小屋の前へきた。番屋の中の書役《しょやく》に医者を呼びに行ってくると言うつもりだったのだろう、弥太右衛門がそばを離れようとすると、和吉が「そうじゃねえんです」と、悲痛とでも言いたいような声を張り上げた。

「勇七さんと芝居をしたのはその通りだけど、俺あ、おのぶの言いなりになっているのはそんなに苦痛じゃねえんでさ」

弥太右衛門の足がとまった。

「そりゃ、腹が立つ時もあるけど、あちこちで頭を下げて稼いでいるおのぶが、俺にだけは遠慮のねえことが言えるんだと思えば、口うるせえことくらい、何ということもねえ。俺《おら》あ、その、何だ、そういうおのぶが好きなんだ」

妙な声が聞えた。おのぶが泣き出したのだった。お捨も、ふっくらと白い手を目の下に当てていた。もらい泣きをしそうだった。

「それより俺あ、お前のような役立たずはうちにいなくってもいいと言われるんじゃねえかと、それが心配で」

いなくってもいいなんて言うわけがないじゃないかと、おのぶが言った。

「わたしだってお前が好きなんだよ。破鍋にとじ蓋だって、鍋が大き過ぎたり蓋が大き過ぎたりすれば、ぴったり合やしないいんだから」

「まったくだ」

と、笑兵衛が言った。

「うちも破鍋にとじ蓋だが、俺が婆さんの言いなりになるのは、七分三分の割合だ。三分は、俺の言い分を通す」

「まあ」

呆れ顔のお捨を見て、弥太右衛門が「わかっているよ」と言った。

「笑さんとこは、七分三分で笑さんが言い分を通してる。お捨さんが寝ろというのに、俺と将棋をさしているのがその証拠だ」

番屋から顔を出した書役の太九郎《たくろう》に医者を呼んでくると言って、弥太右衛門は走り出した。小石につまずいたりして、少しあぶない足取りだった。お捨は、弥太右衛門の女房が「もう年寄りなんだから、走るのはおよしなさいって言ってるのに」と愚痴《ぐち》をこぼしていたことを思い出した。

第六話　福の神

おもんと万兵衛《まんべえ》の店は、鎌倉河岸《かまくらがし》にある。白酒《しろざけ》で有名な豊島屋《としまや》の前と言えば聞えがよいが、床見世《とこみせ》と呼ばれる屋台《やたい》だった。魚にうどん粉をまぶして揚げる、てんぷら屋をいとなんでいるのである。

床見世は、蕎麦《そば》やおでんのようにかついで行く屋台ではなく、屋根もあって、毎日片付けなくともよいことになっている。はじめは豊島屋の横に出させてもらったのだが、三月《みつき》めに二月がきた。雛《ひな》の節句《せっく》の前の月である。

二月末から三月はじめにかけては、豊島屋が酒や醬油《しょうゆ》の商いを休む旨《むね》の貼り紙をだすほど、白酒を買い求めにくる人が多い。かなり遠いところから、ご近所の分もと荷車をひいてくる人もいて、祭礼の折の神社のように混み合うのだ。

二月には屋台を河岸の方へやってくれとは、豊島屋の軒下《のきした》を借りた時に言われたことで、二月のはじめには河岸へ引っ越した。幸い、河岸の方が人目につくのか、酒を買いにきた男達が、てんぷらを二つ三つつまんでゆくことがよくあった。

それに、夏は油っこいものが食いたくなると言う客が多く、暮《く》れ六つを過ぎても屋台のまわりには大勢の男達がいたし、夕方の風がつめたくなった今でも、このにおいを嗅《か》ぐと素通りできなくなると言う客が何人もいて、売上はいつもわるくなかった。それは、おもんにもわかっていた。

が、「この分なら、また店を出せるかもしれねえな」などと、万兵衛が銭をかぞえながら言っているのを聞くと、腹が立ってくる。のんきにもほどがあると思うのだ。

「いつのことになりますかね」

おもんは、てんぷらの残りを包んだ竹の皮の端《はし》を裂き、器用に結んで言った。強く結び過ぎて、てんぷらのころもがくずれてしまったかもしれなかった。

「金がたまったと言いなさるけど、いったいいくらたまったと思ってなさるんです。五両や六両じゃ、もとのような店なんざ出せないんですよ」

「わかってらあな、そんなことは」

万兵衛は興醒《きょうざ》めのした声で言って、たすきをはずした。今日はもう火を落としちまったのかと、帰って行く下駄《げた》の音が聞えた。

「ほらみねえ。まだ客はくるじゃねえか」

「くるかこないかわからないお客を、いつまでも待っちゃられませんよ」

「気が短《みじけ》えからなあ、お前《めえ》は」

万兵衛が溜息《ためいき》をついた。

「俺《おれ》だって、ここ二、三年の間に店を出せるほど、儲《もう》かっちゃいねえことくらい、わかっていらあ」

「当り前ですよ。儲かった、儲かったと言いなさるけど、もとのような店が出せるくらいお金がたまった時にゃ、わたしは腰が曲がっていますよ」

万兵衛の低い笑い声が聞えた。もっともだと思ったのかもしれなかった。

おもんがてんぷらの竹の皮包みを持ち、遅くなった時の用心のために持ってくる提《ちょう》燈《ちん》を屋台からはずすと、万兵衛が屋台に葭簀《よしず》を巻きつけた。店を人手《ひとで》に渡してから五年もたつというのに、おもんがつくづく情けなくなるのは、この時だった。

おもんが嫁《とつ》いだのは、浅草並木町《あさくさなみきちょう》の蔦屋《つたや》という料理屋だった。料理屋は、女将《おかみ》が表に出て万事をとりしきる。蔦屋もそうだったが、先代の万兵衛は、女中達が「旦那《だんな》の道楽は売上の帳面を眺《なが》めること」と陰口をきくほど、楽しみの少ない人だった。酒も飲まなければ煙草《たばこ》も喫《の》まず、女遊びもしなければ、無論《むろん》賭け事《ごと》も嫌いな男だったのである。

女将のおきくは、縹緻《きりょう》がよくて愛想《あいそう》がよかった。その上、亭主が黙って後押しをしているとなれば、蔦屋が繁盛《はんじょう》するのも当然であった。おもんは、蔦屋が隅田河畔《すみだかはん》の今《いま》戸《ど》にも店を出そうかという時に、今の万兵衛の女房となったのだった。

万兵衛は修業から戻ったところで、料理場で庖丁《ほうちょう》を握っていた。料理人としての腕は、間違いなくよかった。あの頃の蔦屋が繁盛していたのは、おきくの愛想のよさと先代の算盤《そろばん》、それに万兵衛の腕と、三つそろっていたからではないだろうか。

ただ、先代は、おもんが嫁ぐとまもなく他界した。今戸の店の話も立ち消えとなり、万兵衛は庖丁を握りつづけることになった。万兵衛は、父親と同じように大福帳《だいふくちょう》を繰《く》ったり算盤をはじいて、女将のおきくや若女将のおもんに「ここはこうした方がよい、そこはそうしなければいけない」と指図《さしず》をしたかったらしい。が、おきくが承知しなかった。

おきくの気持もわからないではない。万兵衛は、先代ほど算盤が達者ではなかった。魚や貝が異様に値上がりする時もあれば、出水《でみず》で青物《あおもの》が手に入らなくなることもあり、料理屋はそこで苦労する。値を上げずにすむ算段をするのである。先代は、そのあたりの算盤をはじくのが巧《たく》みだった。

もっとも、それは万兵衛の腕があってこそできることであった。万兵衛には、わざと安い魚を使ってうまいものをつくったように思わせる腕があった。料理の値は上げられないと先代が安いものを仕入れても、万兵衛さえ料理場にいれば、うまいものが出せたのである。

　万兵衛も自分が庖丁を握っていた方がよいとはわかっていたようだが、「俺は死ぬまで板前かよ」と、おもんに不満を洩《も》らすようになった。おもんにも、いつまで自分が若女将なのだという不満があった。嫁いだ翌々年には娘のおはつが生れていたし、その三年後には新之助《しんのすけ》も生れていた。

　二人で不満を言い合っていたのでは、万兵衛の胸のうちは晴れなかったかもしれない。晴れなかったかもしれないが、蔦屋が暖簾《のれん》をおろさなくてはならないほど、遊ばなくてもよかっただろうにと思う。

　おきくが他界して、万兵衛が帳場に坐《すわ》るようになった時、何枚もの借金の証文《しょうもん》がその帳場に持ち込まれ、強面《こわもて》の男達がその催促《さいそく》にあらわれた。せっかく見つけた板前はやめると言い出して、ふたたび万兵衛が庖丁を握るようになったが、しばしば借金の催促にあらくれ男があらわれるようでは、客がきてくれるわけがない。

　客は減り、借金の利息はかさみ、蔦屋は暖簾をおろさねばならなくなった。店は火事などで幾度《いくど》も建てなおしていて、蔦屋のものになっていたが、土地は野州《やしゅう》にいる金持のものだった。居抜きで店を売るほかはなかった。

　蔦屋の屋号も欲しいという夫婦が買ってくれて、思っていたより多い金が手に入ったが、それでも借金は残った。屋台のてんぷら屋となってから、はじめの四年間は、借金を返すために明け暮れたと言っていい。

店を人手に渡した時、十八だったおはつは、嫁入りの話がこわれたのを機に長唄《ながうた》の女師匠の女中となり、十五だった新之助は、それまで修業させてもらっていた向島《むこうじま》の料理屋をやめた。しばらく蕎麦屋に住み込んでいたが、今は湯島天神下《ゆしまてんじんした》の縄暖簾で働いている。

おはつは師匠がくれる小遣《こづか》いをため、新之助は出前《でまえ》をした時などに渡される駄賃《だちん》をためて、自分達もいそがしい師走《しわす》に、暇《ひま》を見つけてその金を届けてくれた。きれいに返すまでには十年かかると思った借金が、四年で返済できたのは、さすがに万兵衛の揚げるてんぷらの評判がよく、思いのほかに売れたことと、おはつと新之助のためた金が案外に多かったおかげだろう。

「おい、帰るぜ」

万兵衛の声が聞えた。おもんは、姉様かぶりで乱れた髪を指先で撫《な》でて、もう歩き出している万兵衛に駆《か》け寄った。

「今日は、少し残りものが多いな」

「でも、お隣りが待ってなさるから」

長屋《ながや》住まいの隣家は三人の子供がいて、亭主は、季節ごとに売り歩くものが変わる際物売《きわものう》りだった。残りもののてんぷらを待っているようで、そのかわりに古漬《ふるづ》けのたくあんなどを持ってきてくれる。

必死で借金を返している時はたくあんさえも有難《ありがた》く、てんぷらが残らなかった時にはそのたくあんで朝のご飯を茶漬けにし、腹へ流し込んだものだった。

が、借金がなくなると、たくあんだけではご飯がのどを通らなくなる。雨露がしのげさえすればよいと思っていた長屋も、早く出て行きたくなった。早く出て行きたいのだが、店賃《たなちん》を倹約しなければ金をためることはできない。

「有名な料理屋へお嫁にきたつもりだったのに」

と、おもんは万兵衛の後姿を見ながら呟《つぶや》いた。万兵衛は昔からすらりとした軀《からだ》つきだったが、このところ、少し痩《や》せてきたようだった。

長屋の木戸《きど》の前に、蹲《うずくま》っている男がいた。おもんと万兵衛が近づくと、丸い影になっていた男の姿がむくむくと起き上がって、新之助になった。二人の帰りを待っていたようだった。

「あら、めずらしい。どうしたっていうの」

新之助に会うのはひさしぶりだった。縄暖簾の板前という商売が商売なので、藪入《やぶい》りに帰れないのは仕方がないが、商売を休む正月になぜ顔を見せてくれないのだと、先日、こちらもめずらしく菓子を持ってたずねてきてくれたおはつに、愚痴《ぐち》をこぼしたばかりだった。

「姉さんが昨日、湯島まできたんだよ。俺の料理で、ただ酒を飲んで行きゃがった」

「いやだねえ。おはつは、縄暖簾でお酒を飲むようになっちまったのかえ」

「二十三だぜ、姉さんは。酒も飲みたくならあな」

「そりゃそうかもしれないけど」

おはつが嫁にゆけなかったのは、万兵衛のせいだった。高額で有名な鮨屋《すしや》の伜《せがれ》との話がきまっていたのだが、蔦屋が人手に渡ると知ると断ってきたのだった。

だが、その後、おはつが通っていた師匠に奉公させ、一人の相手も見つけてやれなかったのは、おもんのせいでもある。

「てんぷらの残りはあるかえ」

と、新之助が言う。

「俺《おら》あ、昼に蕎麦を食ったきりなんだよ。腹の虫も鳴きやんじまうくれえ、空《す》きっ腹《ぱら》なんだ」

「残りはあるけど、ご飯が足《た》りないかもしれない」

「めしはあるよ。大急ぎで、にぎりめしをつくってきた」

「お店はどうしたのさ」

「女将さんが倒れちまったんだよ。何だかよくわからねえけど、譫言《うわごと》を言うほどの熱を出しちまってさ。朝っから女将さんにつきっきりで、くたびれちまった」

「旦那がいなさるじゃねえか」

万兵衛が口をはさんだが、新之助は首をすくめて答えた。

「うろうろするだけだよ」

万兵衛が木戸の中を指さしている。中へ入れと言っているのだった。

「あの店は、女将さんか俺が倒れちまったらお終《しめ》えよ。旦那は、銭勘定《ぜにかんじょう》もできなけりゃ豆腐《とうふ》を切ることもできねえ。酒の燗《かん》をするほかに能がねえんだよ。だから、もう一人、若《わ》え女《け》でも雇っておけって言ってたのに、旦那が気を移すんじゃねえかと、女将さんがおかしなことを言い出してさ」

早口に喋《しゃべ》りながら、新之助は木戸の中へ入った。

「ええっと、左側の三軒めだったたっけか」

「何を言ってるの、二軒めですよ」

新之助は、もう一度首をすくめて表障子《おもてしょうじ》を開けた。隣家の表障子が閉まったのは、客がきたのでは、てんぷらはまわってこないと思ったからかもしれなかった。


「実は話があるんだよ」

と、新之助が言った。

「黙っていてもかまわねえと思ったんだが、話しておいた方がいいって姉さんに言われたものだから」

新之助はてんぷらを指でつまみ、口へ放《ほう》り込んで、指についた油を舐《な》めてとった。おもんは、新之助が持ってきたおむすびを食べ、大急ぎでつくった味噌汁《みそしる》をすすった。いつもと同じわかめの味噌汁なのだが、にぎりめしの米がうまいせいか、味噌にもわかめにも味があるような気がした。

「俺、今戸の浜屋《はまや》から養子にならねえかってえ話があったんだ」

「何だって」

今、浜屋は江戸の料理屋の中では五本の指に入るだろう。茶漬けに使う水を遠いところまで汲《く》みにやり、何両だかの金をとったという料理屋もあるというが、浜屋は、堅実な味の店と言ってもよいかもしれない。

　その浜屋が、新之助を養子にと言ってきたのである。おもんだけではなく、万兵衛までがうわずった声で「何だって」と言い、膝許《ひざもと》にあった湯呑《ゆの》みを手で払って、膝をすすめたのはむりもないことだった。

「で、どうしたんだえ。旦那には会ったのかえ」

「会ったよ。旦那がわざわざ湯島までおできなすったから」

　おもんは万兵衛と顔を見合わせた。浜屋の亭主は、よほど新之助が気に入ったにちがいなかった。新之助が浜屋の養子になれば、蔦屋を潰《つぶ》したと親戚《しんせき》に言われつづけている悪口からも解き放たれるではないか。

「それで、旦那は何と言いなすったんだえ」

「だから、浜屋の養子にならねえかと」

「よかったじゃないか」

「たまたま湯島へきなすって、知り合いと俺んとこで昼飯を食いなすったんだとさ。俺は覚えてねえけど」

「で、気に入ってくれなすったんだね」

「そうらしいや。それから、幾度も今戸からめしを食いにきたってんだから」

俺の血をひいたんだと、万兵衛が呟いた。確かに、新之助の中には、先代ではなく万兵衛の血が流れているにちがいなかった。おもんは、大福帳ばかり見ているような血をひかせずに生んだことが誇らしかった。

「で、話はきまったのかえ」

「断った」

と、新之助はあっさり言った。

「どうしてさ」

自分の声の高さに驚くほど、おもんは大声でなじった。

「今戸の浜屋さんの旦那が、幾度も湯島の縄暖簾に足をはこびなすって、お前の腕に惚《ほ》れ込《こ》みなすったんだよ。なのに、どうして断るのさ」

「いやだからよ」

「いやだと」

万兵衛が言った。

「何がいやなんだ。養子じゃあ、始終小さくなっていなけりゃならねえと、そう思ってるのか」

「その通りだ。そりゃ、今は俺の腕が欲しいから、お前の好きにやっていいとか、お前の腕で浜屋を江戸一番に押し上げてくれとか、調子のいいことを言ってるが、浜屋に行きゃあ、それはうちの味じゃねえとか、その料理はうちに合わないとか言い出すにちげえねえんだ」

「それは仕方のないことじゃないか。ちっとはお前だって我慢しなくっちゃ」

「それがばかばかしいってんだよ」

新之助は、一つ残っていたてんぷらを口の中へ放り込んだ。「うめえ」と呟いて、新之助は、「親父《おやじ》なら、俺の気持はわかるだろ」と言った。

「残りもののてんぷらだって、親父のはうめえ。俺《おら》あ、親父の腕は江戸一番どころか、諸国どこを巡り歩いても一番だと思っている。それでも、親父は、帳場に坐りたかったんだろ」

「ああ」

「でも、祖母《ばあ》さんが親父の腕をもったいながって、帳場へ上げてくれなかった。それが情けなくって、遊びはじめたと聞いたぜ」

「いやなことを思い出させねえでくんな。が、その通りだ」

「俺だって、おんなじだよ」

新之助は、膝を揺すって笑った。

「俺だって、浜屋で庖丁を握るなんざ、真っ平御免だ」

「どうしてだよ」

おもんは、畳《たたみ》を叩《たた》いてわめいた。江戸で五本の指に入る料理屋の亭主が、幾度も縄暖簾へ足をはこんだ末に養子にと言ったという願ってもない話を、あっさり断ってしまう新之助の気が知れなかった。

必死に金をためてはいるが、おもんと万兵衛の力で、もう一度蔦屋のような店を出せるかどうかはわからない。万兵衛はのんきなことを言っているが、土地を借り、家を借りても、そのままでは使えない。料理屋らしく造りかえるには、それなりに金がかかる。むりと言った方がよいだろう。

新之助が浜屋の養子となってしまえば、おもんがしばしば夢に見る、『本家蔦屋』と書かれた暖簾は出せなくなってしまうかもしれない。が、新之助は、浜屋の亭主に見込まれて養子となるのである。浜屋には新之助の腕がぜひとも必要と言われて、養子となるのである。本家蔦屋の暖簾が出せなくなっても、「浜屋をささえているのは、昔の蔦屋の伜なんだとさ」と言われるだけでも満足しなければならないだろう。

「いやだって言ってるじゃねえか」

新之助は、苛立《いらだ》たしそうな目でおもんを見据《みす》えた。

「俺《おら》あ、あの縄暖簾を譲り受ける約束をしているんだよ」

「あの縄暖簾って、湯島のあの縄暖簾かえ」

「ほかに、どこの縄暖簾がある」

「お前、養子にと言ってきたのは、今戸の浜屋だよ」

「だから何だってんだ」

「お店の格がちがうだろうが」

「そう言うだろうと思ってたよ」

新之助は片頬《かたほお》で笑った。

「だから、俺あ、浜屋の話は黙ってるつもりだったんだよ。姉さんがきて、どこからその話がおっ母《か》さんに伝わるか知れない、おっ母さんの耳に入ったら、おっ母さんはこの店にきて泣きわめくと言うから、知らせにきたんだ」

「知らせにきてくれても泣きわめきますよ。蔦屋の伜が、一生あんな小さな縄暖簾で庖丁を握ってるなんて」

「俺がいいと言ってるんだから、いいじゃねえか。俺あ、なけなしの銭を持って、俺の料理を食いてえときてくれる人が好きなんだよ。そういう人達に、もっとうまい料理を食ってもれえてえんだよ」

「何がうまい料理ですよ。ひややっこだの、干物《ひもの》だの、そんなものばかりじゃありませんか」

「そうだよ」

新之助は、ひややかな目でおもんを見た。

「が、ひややっこだって、薬味《やくみ》一《ひと》つで味が変わる。醤油だけでいいと言う人もいるが、胡瓜《きゅうり》をもんで、紫蘇《しそ》や茗荷《みょうが》や生姜《しょうが》のきざんだのと合わせて出すと喜ぶ人もいるんだよ。干物だって、魚売りから売れ残りを安く買って、俺が開いて干す。うめえ、うめえと喜んで、干物一枚で酒を一合《いちごう》、丼《どんぶり》めしを二杯もたいらげていった人がいらあ。誰が、金にあかせた料理を食いにくる奴《やつ》に、庖丁を握りたくなるかよ」

「わかった」

と、万兵衛が言った。常の万兵衛にはない、きっぱりとした声だった。

「俺も料理の腕にかけちゃあ、そうそう人にひけをとるとは思えねえが、お前《めえ》にゃ負けたかもしれねえ。お前《めえ》は、お前《めえ》の好きにやってみねえ。そのかわり、苦労も多いぞ」

「ああ、もう旦那のやきもちで苦労している。夫婦でやきもちやきなんだよ。俺にも、女房にしてえ娘がいるってのに」

「何を言ってるんですよ」

おもんは金切り声《かなきりごえ》になった。

「料理の腕がどうのこうのって、味のわかるお客様がきてくれなすってこその腕じゃありませんか」

「俺のつくった干物をうめえと言ってくれた客だって、立派に味のわかる客だぜ」

「お前はそれでいいかもしれない。が、わたしはどうなるんですよ。蔦屋の屋台が傾《かたむ》いたのは、この人のせいだってのに、この人の親戚からは、女将がわるい、女将のおもんさんが貧乏神《びんぼうがみ》だったたって、さんざん言われたんですよ」

「それは俺があやまったじゃねえか」

「お前さんがあやまってくれたって何もなりませんよ。親戚は、いまだにわたしを貧乏神だって思ってなさるんですから」

涙がこぼれてきた。

万兵衛の弟は鰻屋《うなぎや》をいとなんでいる。浜屋の話は遠からず耳に入るにちがいない。新之助が一存《いちぞん》で断ったなどとは夢にも思わずに、おそらくはおもんが口をはさんだせいで話がこわれたと勝手に推測し、叔父《おじ》や兄達に話すだろう。「あの女は貧乏神だからなあ」と、顔を見合わせる叔父や兄達のようすが目に見えるようだった。

「みんなでわたしに貧乏籤《びんぼうくじ》をひかせて。そうですよ、わたしが貧乏神なんじゃない、わたしはお前さん達に貧乏籤をひかされてるんです」

「こういうことになるだろうと思ったよ」

新之助は、火の気のない火鉢《ひばち》にのっていた鉄瓶《てつびん》をとり、湯呑み茶碗の上で傾けた。朝茶を飲んだ残りが、ちろちろと音を立ててこぼれ出た。

「おっ母さんにもう一つ教えてやるよ。おっ母さんは姉さんに、多少は金をもっている人か稼《かせ》げる人を探しているらしいが、姉さんに嫁にゆく気はねえよ」

「何だって。どういうことですよ、それは」

「姉さんに聞いてみな」

新之助は、湯呑みのでがらしを飲み干して立ち上がった。

「お待ち」

もう一度金切り声を上げたが、新之助はふりかえろうともしない。夢中で追いすがろうとして、万兵衛に袖《そで》をつかまれた。

「どういうことですよ」

おもんは、万兵衛の胸をこぶしで叩きながら泣きくずれた。

「今日は休むことにしようか」

と、万兵衛が言った。

おもんの涙は、夜が明けてもとまらなかった。縄暖簾で働き出した新之助の評判がよいことは知っていて、自分達が生きている間には出せないかもしれない『本家蔦屋』の暖簾も、新之助がいつか出してくれるかもしれないと、それを楽しみに働いてきたのだった。

何もかも終りだと思った。これから先、何を楽しみにして働けばよいのかわからなかった。仮に自分が縄暖簾の女将より長生きをして、縄暖簾のあるじとなった新之助が一緒に暮らそうと迎えにきてくれたとしても、嬉しくはなかった。おもんは、本家蔦屋の大女将として、新之助と一緒に働きたいのである。

「そう泣いていちゃ、商売に出られめえ」

「出ますよ、意地でも。こうなったら爪《つめ》に火をともしてお金をためて、向島あたりに蔦屋の暖簾を出してやる」

「爪に火をともすのはいいが、その泣《な》きっ面《つら》じゃ客が寄りつかねえよ。今日は休むから、おはつんとこに行ってきねえ。ゆうべは、明け六つの鐘《かね》が鳴ったらおはつんとこへ行って、新之助に何を話したのか聞いてくると、いきまいていたじゃねえか」

おもんは、昨夜から握りしめている手拭《てぬぐ》いで顔を拭《ふ》いた。姉様かぶりにする手拭いで、湯屋《ゆや》へ行く時の手拭いは、柱に打った釘《くぎ》から釘へ、斜めに渡した麻縄《あさなわ》にかけられている。しぼれるほど涙で濡れてしまったのを、万兵衛がすすいで干してくれたのだった。

「行ってきな」

と、万兵衛が言った。

「が、多分、お前《めえ》の喜ぶ話じゃねえぞ」

「わかってますよ、そんなことは」

「言っとくが、がっかりするだけがっかりしたあとは、いくら泣いてもいいから、きれいさっぱり忘れるんだぜ。子供達がお前《めえ》の思うように動いてくれると思っていたら、大間違いだ」

「わかってますったら」

そう答えたが、おはつは女だと思った。男の新之助の考えには父親の万兵衛が妙に納得してしまったが、女のおはつならば、おもんのつらい立場をよくわかってくれるのではないだろうか。

おはつがなぜ、嫁にゆかぬと言い出したのかはわからない。ただ、二十三にもなれば、嫁《ゆ》きおくれと言われても仕方がなかった。おはつは、そんな年齢になるまでに、母親のおもんがこれはという男に会わせてくれなかったことを恨《うら》んでいるのかもしれなかった。

それならば話せばわかる。そう思う。おもんは、師匠の家のある浅草並木町へ急いだ。

見覚えのある出入口が見えてきた。格子戸《こうしど》の外の、猫の額よりも狭い片隅に篠竹《しのだけ》が植えられているのはそのままだったが、今はその前に万年青《おもと》の鉢《はち》が置かれている。

鉢の上の卵の殻《から》は、おはつが置いたにちがいない。おもんも蔦屋の女将だった頃は、安くはない万年青を買い求め、卵の殻をさかさまに置いて、万年青の葉が艶《つや》を失わないようにしたものだった。

おもんは、裏口へまわった。案内を乞いながら戸を開けると、板の間に坐っていた女がふりかえった。

「おはつ」と呼びかけそうになったのを、あわてて飲み込んだ。若い後姿だとは思ったのだが、女中のおはつは台所にいるものと思い込んでいたのだった。

「どなたさまで」

女の声が尖《とが》った。こっそり焼芋《やきいも》を食べていたようで、持っていた芋を前掛で隠し、唇《くちびる》のまわりを舐めている。楽しみを邪魔《じやま》されたことに、腹が立ったのかもしれなかった。

「ふいに申訳ございません。わたしはこちらでご厄介《やつかい》になっております、はつの母親でございますが、はつは出かけておりますのでしょうか」

「おはつさん？」

女は怪訝《けげん》な顔をした。

「はい。もう五年も前からこちらのお師匠《ししよう》さんに使っていただいているのでございますが」

「わかりました」

女は、芋をそばにあったざるに投げ入れて駆け寄ってきた。

「若いお師匠《つしよ》さんのおっ母さんですね。表口から声をかけておくんなさればいいのに、裏口で顔を出しなさるから、びっくりした」

「若いお師匠さんって、うちの娘はここにご奉公させていただいているんですけど」

「わたしも近頃ここへきたのでよくわからないんですけど、子供の頃からここのお師匠さんに三味線《しやみせん》を習ってなすったたってお人でしょう？　だったら、そうですよ。若いお師匠さんです。今、お呼びしてきます」

「きっとちがいますよ」というおもんの声など耳に入らなかったのだろう。女中は、「若いお師匠さんにお客様です」と声を張り上げながら廊下へ出て行った。

　そんな、ばかなと、おもんは口の中で言った。確かにおはつは芸事が好きだった。踊りも下手《へた》ではなかったし、清元《きよもと》も師匠から「いい声をしてる」と褒《ほ》められたことがある。ことに熱心だったのが三味線で、清元は二、三年、踊りは四、五年でやめてしまったが、三味線だけは蔦屋が暖簾をおろすまでつづけていた。そんな縁があって、一家がそれぞれ働かねばならなくなった時も、師匠の杵屋六多栄《きねやろくたえ》が「うちじゃだめかえ」と声をかけてくれたのだった。

「おっ母さんね。新之助がおっ母さんとこへ行けば、わたしんとこへもすぐにきなさると思った」

　廊下からおはつの声がした。声はおはつだったが、台所にあらわれたおはつは、紺の弁慶縞《べんけいじま》の着物を、母親のおもんが見ても粋《いき》に着こなしていた。女中が着る着物でもなければ、着こなし方でもなかった。

「ま、上がって下さいまし。おちよちゃん、すまないけど、おっ母さんの履物《はきもの》を表口にまわしといておくれ」

「承知しました」

先刻の若い女が、おもんの前に立って、早く履物を脱いで上がってくれという顔をする。おもんは、懐《ふところ》の手拭いで足の土埃《つちぼこり》を払い落としてから板の間に上がった。

「こちらへどうぞ」

おはつが先に立って歩いて行く。おはつが稽古《けいこ》に通っていた時に、六多栄師匠に挨《あい》拶《さつ》にきたことがあり、こんなに広い家ではなかった記憶があるのだが、今は鉤《かぎ》の手《て》に曲がる廊下が、石燈籠《いしどうろう》などを据《す》えた庭をかこんでいる。おもんの胸のうちを見透かしたように、おはつがふりかえった。

「蔦屋の庭と似てるでしょう」

「ああ。でも、昔はこんなに広くはなかったんじゃないかえ」

「ええ。去年の春に、お隣りが引っ越しなすってね。うちとお隣りは同じ地主さん、同じ家主さんだったものだから、二軒借りたいが、雨に濡れずに往《ゆ》き来《き》ができるように手を入れさせてくれって、お師匠さんが頼みなすったんですよ」

「表から見ると、昔と変わっちゃいなかったから」

おはつは、廊下が鉤の手に曲がるところにある部屋の障子を開けた。壁に三味線がかかっていた。箪笥《たんす》や鏡台もあり、おはつの部屋のようだった。

「あそこからお隣りだったところなの。お師匠さんが隠居所《いんきょじょ》にするんだって」

「隠居所にするって、お前」

「ま、坐ってお茶でも飲んでおくんなさいな。羊羹《ようかん》を切ってくるから」

「待っとくれ」

おもんは、部屋を出て行こうとするおはつの袖をつかんだ。かつて、おもんも身につけていた絹物《きぬもの》のなめらかで重たい感触が掌《てのひら》に残った。

袖はおもんの手をすり抜けたが、おはつは廊下で足をとめた。

「先に言っとくけど、わたし、おっ母さんが何を言おうと、お師匠さんとの養女の縁組は取り消さないからね」

「養女だって。何を言ってるの、お前」

「お師匠さんの養女になったの、わたし。わたしの弟子になりたいっていう人も大勢いなさるし、わたしは三味線で暮らしてゆく気になったんですよ」

「許さない」

おもんは、廊下に立っているおはつの腕をつかみ、部屋へ引きずり込んだ。物音に驚いたのだろう、おちよと呼ばれた女中がようすを見にきたが、かまうものかと思った。

おもんは、おはつにむしゃぶりついた。むしゃぶりついて、おはつの簪《かんざし》が髷《まげ》から抜けて落ちるほど激しく揺さぶった。

「何がお師匠さんの養女だよ。お前は、わたしの娘だよ。蔦屋万兵衛と、わたしの間にできた娘なんだ。それも、子供に恵まれますようにと、観音様《かんのんさま》に毎日お願いして生んだ娘なんだよ。新之助が生れたって、女だから遠慮をおしなんて、一度だって言ったことあない。可愛《かわい》い、いとしいと、大事に大事に育ててきたんだ。それを何だえ。お師匠さんの養女になっただって。誰に断って、そんなことをしたんだよ」

廊下を走ってくる足音が聞えた。隠居所にするという突き当りの部屋にいた六多栄が、知らぬ顔をしていられなくなって出てきたのだった。

おもんは、揺さぶっていたおはつの軀を押しのけた。人の娘を勝手に養女にし、隠居所までつくった六多栄にも腹が立った。

「お師匠さん、ご挨拶も抜きで何でございますけど、おはつはわたしの娘でございます。今から連れて帰りますので、そうご承知なすって下さいまし」

「よして」

おはつは、六多栄をかばうようにおもんの前に立った。

「わたしは三味線で暮らしてゆくって、そう言ったじゃないの。おっ母さんに黙っていたのはすまないけど、もし相談をしに行ったら、おっ母さん、承知してくれなすったかえ」

「承知するわけがないだろう、そんなばかな話」

「だから、黙ってたんですよ」

おはつは、おもんに揺さぶられて乱れた衿許《えりもと》を指で撫でた。艶やかな手つきで、しかも乱れた衿許が糊《のり》で貼りつけたようにもとへ戻った。

「相談をすりゃ、おっ母さんは血相《けつそう》を変えなさる。血相を変えて、とんでもないとかぶりを振りなさるにきまってるけど、それじゃどうすればいいってことになると、ともかくうちへ帰ってこいっていう返事くらいしかもらえないでしょう」

おもんは黙っていた。万兵衛が借金をつくらず、蔦屋が自分達のものであれば、おはつにふさわしい亭主を何人でも見つけてやれたのだと思った。

が、床見世のてんぷら屋では、どうにもならない。てんぷら屋となってから親しくなった人達もいるが、あまり稼ぎのよくない職人とか、百文の米を買うにも苦労している行商人とか、そんな人達ばかりで、師匠の家にいた方がうまいものを食べられ、小綺麗《こぎれい》にしていられるのではないかと思え、何も言えずにいたのだ。親として、これほど情けないことはなかったのに、その気持におはつは気づいてくれなかったのだろうか。

「でも、今更《いまさら》うちへ帰ってどうするの」

と、おはつが言う。

「わたしのいるところなんざ、ないじゃありませんか。床見世にゃ三人は多すぎる。うちでご飯を炊いて、おっ母さんとお父《と》っつぁんの帰りを待ってるったって、無駄飯を食べて、ごろごろしてるようなものですよ」

「お前なら、働き口はいくらでもある」

「また一から出直せってんですかえ」

おはつは、かわいた声で笑った。

「冗談じゃない。新之助も言っていたけど、おっ母さんに相談すると、何にもできなくなっちまう。先に足を踏み出しておいてから、こういう風にしたと知らせないと、身動きがとれなくなっちまうんですよ」

「わたしは親だよ。そりゃ情けない親かもしれないけど、何もかも内緒《ないしよ》にされる親の身にもなってご覧《らん》な」

「内緒にしちゃいませんよ。こうして打ち明けたじゃありませんか」

「打ち明けてくれたって、およしの一言も言えないじゃないか」

口惜《くちお》しいという言葉より先に、泣き声が洩れた。泣いてやると思った。亭主は借金をつくり、子供達は親にも知らせずに勝手なことをしはじめる。この世で一番みじめなのは、自分ではないかと思った。

万兵衛の親戚はおもんを貧乏神だと言うが、おもんが悲運を背負ってきたのではない。万兵衛が悲運を呼び、子供達はもう一度一家で幸せになろうとするおもんに背を向けて、ばらばらになろうとしているのだ。

「おっかさんは、あちらへ行ってなすっておくんなさい」

と言う、おはつの声が聞えた。「おっ母さん」は、自分しかいない。が、顔を上げると、おはつが小柄な六多栄の肩を抱いていた。おはつは、「おっ養母《か》さん」と、六多栄を呼んだのだった。

おもんは畳に顔をつけて、狂ったように泣き出した。


死んでやろうと思った。大事に育て、頼りにもしていた子供達はそっぽを向くし、万兵衛と懸命に働いて、爪に火をともすようにして金をためたところで、とうてい生きているうちには『本家蔦屋』の暖簾を出せそうにない。

おもんは、吾妻橋《あづまばし》を渡って本所《ほんじょ》に出た。このまま隅田川に沿って、河口へ向かって歩いて行けば、百本杭《ひやつぽんぐい》と呼ばれているところへ出る。波除《なみよ》けのための杭を何本も打ち込んであるところで、おもんも身投げをした人の亡骸《なきがら》が流れついたなどという気味のわるい話を耳にしたことがある。

どうせ流れつくならと、おもんは思った。どうせ流れつくなら、そこで溺《おぼ》れて死んでやろうじゃないか。流れて行く手間をはぶいてやる。

ふらふらと川べりを歩いて行って、杭の見えたところで蹲り、夢中で袂《たもと》に石を入れはじめた。

「もし」

声をかけられて、ふりかえろうとしたが、妙に軀が重くて動かない。

「もし、そんなに袂に石を入れなすったら、重くてころんでしまいますよ」

「打棄《うつちや》っておいておくんなさいな」

おもんは、鬱陶《うつとう》しそうに答えた。

「川ん中へころげ落ちるつもりなんですから」

「でも、立ち上がれますかえ」

言われてみればその通りだった。気がつくと、両袖は石でふくれ上がっていた。おもんは袂の中の石を二つ三つ捨てた。

「お手伝いいたします」

声をかけた女がおもんの前へまわり、おもんを抱きかかえるようにして石を捨てはじめた。みるみる袂の石は少なくなった。

「有難うございます。もう、放《ほ》っといておくんなさい」

「いいえ、もっと捨てます」

「放っといてと言ってるでしょうが」

「何を言ってなさるんですか」

女の手が左の頬で鳴った。

「しっかりなさい。こんな死に方をなすったら、あの世へ行ったところでいいことはありませんよ」

「放っといておくんなさいと言ってるじゃありませんか。いいことがないかどうか、あの世へ行ってみなけりゃわかりゃしない」

「行って、わるいことばかりだったら、どうしなさるんですか。この世じゃわるいことばかりだとあの世へ行くことはできますが、まだこの世の方がましだとわかっても、引き返してこられないんですよ」

「だって」

おもんは、おもんを抱きかかえて離さない女の胸の中に顔をうずめた。大柄《おおがら》で、ふっくらと太っていて、色がぬけるように白くて、天女《てんにょ》のように品のよい女だった。

「亭主に店を潰されて、子供達に勝手なことをされて、わたしなんざ生きていたってしょうがないじゃありませんか」

伜は有名な料理屋からの養子の話を断って縄暖簾で働きつづけるつもりだし、娘はわたしという親がいるのに長唄の師匠の養女となって、独り身《ひとみ》を通すつもりらしいと、泣きながら一部始終を打ち明けると、「偉いお子さん達じゃありませんか」という答えが返ってきた。

「それより、そういうお子さんを育てなすった、あら、お名前をまだ伺《うかが》ってませんでしたね。わたしは、深川中島町澪通《ふかがわなかじまちょうみおどお》りの木戸番《きどばん》女房で、捨《すて》と申しますけど」

いい匂《にお》いのする胸から引き離されると、目の前で白いふっくらとした顔が微笑《ほほえ》んでいた。おもんは、なかば呆気《あっけ》にとられて自分の名前を言った。

「おもんさん、ですか。おもんさんは、立派なお子さんを二人もお持ちなんですねえ。ええ、亭主は立派だなどと申しませんよ。亭主ってのは、はたが褒めてくれたって、女房にゃ短所ばかりの男ですものねえ」

口許《くちもと》の微笑が顔へひろがった。牡丹《ぼたん》の花が開いたようだと思った。身を投げて死のうとしたのを邪魔されて、死んでやると思い詰めた原因の子供達を褒められたのだが、不思議に腹は立たなかった。

「幾つになっても親を頼ってばかりいる子供が多いっていうのに、息子さんも娘さんも、お一人で暮らしてゆこうというのですもの。ほんとにお偉い」

「いいえ、手前勝手な子供達です」

「いいえ、お二人とも、おっ母さんのお蔭《かげ》だと思ってなさいますよ。先程、貧乏神と言われたと泣いてなすったけど、おっ母さんのお蔭で好きな料理をつくれる、おっ母さんのお蔭で好きな三味線《しゃみせん》で暮らせると、お腹《なか》の中じゃそう思っていなさるんですよ。おもんさん、貧乏神どころか、福の神じゃありませんか」

　新之助とおはつが、おもんを福の神だと思っているとはとうてい考えられなかった。が、次に会った時に、お前達が縄暖簾で働けるようになったのも、長唄の師匠になれたのも、わたしのお蔭だと言ってやることはできると思った。

　命を絶って百本杭にひっかかるのは、それからでも遅くない。いや、万兵衛と必死に金をため、必死に長生きをして『本家蔦屋』の暖簾を出し、新之助には「料理屋で庖丁を握る方がよかったかもしれない」と、おはつには「料理屋の女将になればよかった」と言わせてから、隅田川に飛び込む方がよいかもしれない。もっとも、そうなれば飛び込む理由などどこにもないのだが。

「帰りましょうよ」

と、お捨が言った。

「おもんさんのおうちはどこ。その前に、お団子《だんご》でも食べて行きましょうよ。両国《りょうごく》でよかったら、わたし、お団子を食べさせてくれるお店を知っているんですけど」

「ええ、有難うございます」

おもんは立ち上がって、裏返しになっている袂をもとへ戻した。

「でも、うちへ帰って亭主に仕入れをさせます。今日は休みだと言っていたのですけど、稼がなくってはなりませんから」

お捨がまた、牡丹の花のような顔で笑った。

「一度、鎌倉河岸まで行ってもいいかしら。蔦屋のご主人だったお人の揚げるてんぷらは、わたしだって食べたい」

「でも、立ち食いですよ」

「それが、いいんですよ。でも、ちょっと恥ずかしいかしら。手拭いで顔を隠して、食べに行こうっと」

お捨の笑い声が、百本杭の上をころがって行った。

第七話　まぶしい風

ついこの間が正月だったような気がするんだがなあと言いながら、豆腐屋《とうふや》の金兵衛《きんべえ》は、仙台堀《せんだいぼり》の枝川《えだがわ》に沿った道を曲がって行った。

木戸番《きどばん》小屋の前に立って金兵衛を見送ったお捨《すて》は、ならんで立っている笑兵衛《しょうべえ》と弥《や》太右衛門《たえもん》を見た。これといった意味はなかったのだが、弥太右衛門は、笑兵衛を将棋に誘ってはだめだと言われると思ったらしい。その言葉を封じるつもりらしく、「まったく金兵衛さんの言う通りだよ」と言った。

「もう二月だからね。初午《はつうま》が過ぎたと思うと三月になって、花見だと騒いでいるうちに四月になって、気がついてみりゃ師走《しわす》になってるってえ寸法さ」

「まったく、年齢《とし》をとると一月《ひとつき》が早いね」

と、笑兵衛が応じた。

「一日の長さは、若い頃と変わらねえんだがなあ」

「ま、お互いにこの年齢《とし》だ。できるだけ、のんびりと行こうぜ」

お捨は、転がるような声で笑い出した。弥太右衛門の魂胆《こんたん》は読めていた。夜廻りや、土間《どま》を利用して草鞋《わらじ》や鼻紙や蠟燭《ろうそく》などを売っている内職で案外にいそがしい木戸番の仕事を忘れ、のんびり将棋をさそうというのである。

「はいはい、わかりました。どうぞ、お向かいの自身番屋にでも弥太右衛門さんのおうちにでも、ゆっくり行っておいでなさいまし」

笑兵衛は口許《くちもと》で笑って、綿入れの袢纏《はんてん》を取りに行くつもりなのだろう、番小屋の中へ入って行ったが、弥太右衛門は妙にうろたえて、

「そんなつもりで言ったんじゃないんだよ」

と繰返した。

「さ、行こうか」

袢纏を羽織《はお》ってきた笑兵衛が、先に立って歩き出す。弥太右衛門の家へ行くらしい。一勝負終えると、弥太右衛門の女房が昼寝をさせてくれることもあり、お捨は笑兵衛と弥太右衛門の二人が女房の言うことをきいてくれることを願って踵《きびす》を返した。足許《あしもと》から風が立った。昼下がりの陽《ひ》を浴びて、まぶしくきらめいたような気がした。

「春も真ん中になったんですねえ」

番小屋に入ってしまってはもったいないような気がして、お捨はしばらくそこに立っていた。

決して暖かい風ではなかった。が、一瞬だけまぶしく光って通り過ぎる風は、師走、正月とつづいたいそがしさを忘れさせ、気持を浮き立たせてくれるようだった。そのせいで、近づいてくる足音にすら気づかなかったのかもしれない。「もし」とうしろから声をかけられて、お捨は我に返った。

「あの、中島町《なかじまちょう》木戸番小屋のお捨さんでございましょうか」

地味《じみ》な着物を着た女が立っていた。年齢は四十前後だろうか、地味な着物を粋《いき》に着こなしていることといい、言葉に訛《なま》りがないことといい、少なくとも祖父の代から江戸で生れて江戸で育っている女だろう。お捨はまだ、京訛りが消えてくれない。

「たえの母でございます」

「おたえさん。あの、京橋《きょうばし》の方にお住まいの」

「さようでございます」

女は、深々と頭を下げた。

「娘がいろいろお世話になりまして、有難《ありがと》うございます」

深々と頭を下げたことや、ていねいに礼を言うのとはうらはらに、女の表情はかたかった。いや、かたいと言うよりも、目に怒りがにじんでいた。

「申し遅れましたが、わたしはりきと申します。お聞き及びとは存じますが、亭主の勘兵衛《かんべえ》は大工《だいく》でございまして」

それはおたえから聞いていた。腕はよい大工だそうだが、頑固《がんこ》で、勘兵衛の下で働く手間取りの大工が次々とやめていってしまうとも話していた。

お捨は、番小屋の中を指さした。目の中にある怒りの意味がわからないが、母のおりきが、素行《そこう》がよいとは言えないおたえのことで相談にきたのだと思った。が、「ここで結構でございます」と、おりきは言った。

「あの、今日もおたえはきておりますでしょうか」

「いえ、今日はまだおみえになりませんけれど」

おりきの目が鋭く光った。

「やはり、おたえはここへきていたのですね」

先刻の「おたえはきているか」という問いは、「今日はまだ」という答えを引き出すためのものだったらしい。この半月、おたえは毎日のようにお捨と笑兵衛をたずねてきていたが、おりきはおたえから行先を知らされていず、苛々《いらいら》していたのかもしれなかった。

「泊めていただいたのも、こちら様ですかえ」

「ええ、一度だけ」

「親が心配するとは、お考えにならなかったんですかねえ」

「ええ。今夜は泊まるとおっ母《か》さんに断ってきたと言っていなさいましたので」

ふふ、とおりきは低い声で笑った。

「それを信じたと言いなさるんですかえ」

「ええ」

「困るんですよ」

突然の大声だった。お捨は驚いて目を見張り、小屋の前を通り過ぎた男達がふりかえって、向かいの自身番屋からは、書役《しょやく》の太九郎《たくろう》と番屋に詰めていた二人が裸足《はだし》で飛び出してきた。

おりき自身も、そんな大声を出すとは思っていなかったのかもしれない。きまりわるそうにあたりを見廻して、「困るんですよ」と同じ言葉を口にした。

「自分の子をわるく言うのは情けないし、お恥ずかしいことこの上ないのですけれど、あの子は今、ほんとうのおたえじゃなくなっているんです。そんな時にあの子の言いなりになってしまわれると、あとで、わたしどもが困るんですよ」

「はあ」と、お捨は聞き返したようにも思える曖昧《あいまい》な返事をした。

おたえは、明けて十五になったと言っていた。兄が二人いて、長男は芝《しば》の棟梁《とうりょう》のもとで、次男は建具職人《たてぐしよくにん》になるべく日本橋《にほんばし》の親方のもとで修業をしているという。

おたえも、かつて父親が普請《ふしん》をひきうけた小網町《こあみちよう》の煙草問屋《たばこどんや》に、行儀見習《ぎようぎみなら》いをかねて奉公《ほうこう》したが、手代《てだい》の一人によく言えば思いをかけられて、その思いをとげようとするようなことがあって逃げ出してきたらしい。父親はもう一度奉公せよと言っているが、またあんな思いをするのかもしれないと思うと、どんな大店《おおだな》でも行きたくないのだと話していた。

お捨が知っているのはそこまでだった。いや、あまりたちのよくない男とつきあっていることも知っているが、今は、その男と会うより番小屋で茶をすすっている方がよいらしい。

それでその男と縁が切れればよいとは思っている。が、それを口にしたことはないし、どうすればよいかと、おたえの方から尋《たず》ねられたこともない。煙草問屋の話を聞いても、お捨や笑兵衛が、もう奉公などしない方がいいなどと言ったこともなかった。

「おたえは、そろそろ嫁入りを考えなくてはならない年頃なんですよ」

「ええ」

「なのに、奉公していた店から逃げ帰ってきて、家で水仕事をするなり裁縫《さいほう》をしているなりすればまだしも、始終家を留守にして、何をしているかと思えばこちらへ遊びにきているという。これでは、まとまる話もまとまらなくなってしまいます」

「申訳ありません」

お捨は頭を下げてから、「それでも」と言葉をつづけた。

「おうちへ帰ってきなすった方がよかったと思いますけれど。去年のおたえさんはまだ十四ですもの、こわい思いをしなすったにちがいありません」

おりきの目が不機嫌に光った。

「それが困ると申し上げているんですよ。そりゃ勘兵衛もわたしも、煙草問屋へ戻れなどとは決して申しません。いやな思いをしただろうから、気晴らしにこちらへ伺《うかが》いたいというのなら、みやげを持たせて出してもやります。でも、こちらで、これからは好きにしたらいいなんぞ言っていただきたくないんです」

「え？」

お捨は、もう一度目を見張った。

おたえとは、新地橋《しんちばし》のたもとで出会った。新地橋の向こうは大新地と呼ばれる岡場《おかば》所《しょ》で、身なりから見てみずからを売りにきた娘ではないと思ったものの、万一を心配して声をかけたのだった。それが「そうなの、身売りしちまおうかなって考えてたの」とあっさり言ったので、お捨の方がうろたえたものだった。

が、「小母《おば》さんに声をかけられたのは、身売りはおよしって仏様が言ってなさるのかもしれない」と明るい顔で言った上、厚く切った羊羹《ようかん》をうまそうに二切《ふたき》れもたいらげたので、何も聞かずに家へ帰らせた。

その翌日から「また、きちまったあ」と通ってくるようになったが、屈託《くったく》のない笑顔で番小屋の中へ入ってくるし、「この間の羊羹はもうないの」と催促《さいそく》はするし、身売りをしようと思った事情も尋ねたことはない。煙草問屋でのことや、たちのわるそうな男のことは、彼女の問わず語りなのである。

「そんなわけで、わたしどもからは、意見がましいことは申し上げたことがないんです」

「ほんとうでございますか」

おりきは疑い深そうな目でお捨を見たが、ほんとうか嘘かと執拗《しつよう》に尋ねるのはあまりにも礼を失していると気づいたのだろう。おたえがきたならばすぐ家へ戻るように言ってくれと頼み、申訳ありませんでしたと口の中で言って頭を下げた。

いったいどこで調べたのだろうと思った。木戸番女房のお捨と、母親のおりきが話している。中島町澪通《なかじまちょうみおどお》りの木戸番小屋へ通っていることは、おりきにも勘兵衛にもひた隠しにしていたのである。

おたえにとって中島町の木戸番小屋は、唯一《ゆいいつ》、くつろげる場所だった。お捨も笑兵衛も、おりきや勘兵衛のように「うちでぶらぶらしているのは世間体《せけんてい》がわるい」とか、男に会っていたからなどといってこぶしを振り上げたりしない。

その話をすると、お捨は「親御《おやご》さんにとっては、おたえさんがいくつになっても十かそこらの子供に見えるんですよ。心配なさるのももっともだと思うけど」と言った。笑兵衛も、「おたえさんが俺《おれ》の娘で、妙な男とつきあっていたら、俺もぶん殴るよ」とぼそりと言い、「ほんとに、ろくでなしなのかえ、その男は」と、やはり低い声で尋ねた。

おたえは、なぜか笑い出した。万次郎《まんじろう》は、まさにろくでなしだった。

はじめて会ったのは、空腹にたえかねて飛び込んだ蕎麦屋《そばや》だった。万次郎は、おたえがもりをすすっている時に入ってきて、「子供が一人で蕎麦屋か」と言った。「子供じゃないよ」と、おたえは答えた。それがきっかけで世間話がはじまって、簡単な身の上話もした。万次郎は、先祖代々の由緒《ゆいしょ》ある浪人で、親父《おやじ》はまだ真面目《まじめ》くさって手跡指南所《しゅせきしなんじょ》の師匠《ししょう》をつとめていると顔をしかめていた。

おたえは、二十二、三と見える男が父親の悪口を言う姿に妙に惹《ひ》かれた。蕎麦を食べ終る頃には妙にうちとけた気分になっていて、「また会おうぜ」という言葉にうなずいてしまったのだ。

今でも嫌いな男ではない。嫌いな男ではないが、正直と一所懸命の二つの言葉しか知らぬような勘兵衛には、おたえが万次郎に騙《だま》されて、身持ちがわるくなったとしか思えないようだった。

しかも、殴られたのは、勘兵衛がまだ万次郎の正体を知らない時だった。何の話をしていたのか、まるで覚えていない。が、晩ご飯のあとだった。長火鉢《ながひばち》の向こう側にいた勘兵衛が、ふいに軀《からだ》を震わせて火箸《ひばし》を握ったのである。

「男がいるんだな」

とわめいて、勘兵衛は立ち上がった。

「お前《めえ》が、昼間っから男にしなだれかかって歩いていたとか中宿《なかやど》へしけこむのを見たとか、わるい噂《うわさ》は山程耳に入ってきた。が、俺の娘がそんなことをするわけがねえと、俺《おら》あ、用心しろと心配してくれた仲間にもそう言ったし、手前《てめえ》にもそう言い聞かせていたよ。それなのに、よくも顔に泥《どろ》を塗ってくれたな」

おりきが勘兵衛との間に自分の軀を入れてくれなかったら、まともに火箸で殴られて、怪我《けが》をしていただろう。おっ母さん、有難うと胸のうちで呟《つぶや》いたが、おりきの口から出てきた言葉は、おたえにはひややかとしか感じられなかった。

「何をするんだよ。おたえが怪我をすれば、お前さんは咎人《とがにん》だよ」

ふん、そうかいと、おたえは思った。何のかのとうるさいことを言ったって、二人とも手前《てめえ》のことしか考えていないんじゃないか。

「当《あた》り前《めえ》だよ」

と、万次郎が笑ったのは、その翌日のことだった。

「みんな、世間体とか体裁《ていさい》とか、そんなことしか考えちゃいねえんだよ。手前《てめえ》の子供だって、手前《てめえ》がひとかどの人物と世間様に思ってもらうための道具としか、思ってねえのさ」

そうかもしれないと、おたえは思った。

「お前《めえ》の親と俺の親は、同じようなものかもしれねえ。俺の親父は、子供を教えているからには、みずから範《はん》を垂れねばならぬなんぞと言って、朝早くから木刀を振りまわしたり、背筋をのばしてこむずかしい本を読んでいるよ」

俺《おら》あ、真《ま》っ平《ぴら》だと万次郎は言った。

「やむをえず、夜更《よふ》かしをすることもあらあな。そんな時は朝寝をしてえし、本を読むのだって、寝転がって草双紙《くさぞうし》を読みてえ時もあらあ」

その通りだと思った。この世で生きるのは一度きりだというのに、世間体ばかり気にしていられない。第一、おたえは奉公先の寝間《ねま》へ手代にしのび込まれ、それがいやさに家へ戻っただけなのに、男のことで奉公先を追い出されたなどという噂をたてられているのである。

何とでも言えと思った。煙草問屋がうちの店にそんなひどい手代はいないと言うのはわからないでもないが、なぜその言い分に、おりきや勘兵衛が「ごもっともで」とうなずくのだろう。幸い、隣りで寝ていた年嵩《としかさ》の女中が目を覚ましてくれたので、手代は自分の寝間に逃げ戻り、おたえは無事だった。が、もし、乱暴されてしまったとしても、おりきと勘兵衛は、勘兵衛の腕を贔屓《ひいき》にしてくれる煙草問屋には黙って頭を下げるのだろうか。

親ってのは、こんな時に風除《かぜよ》けになってくれるんじゃないのかえ。

風除けになってくれるどころか、おたえが逃げ帰ってきた事情を聞いても、「お前《めえ》にも油断があったのじゃねえか」と言い、年嵩の女中から事情を聞いたらしい煙草問屋がたずねてくれれば、黙って頭を下げる。

世間の評判もわるくなるわけさ。

と、おたえは思う。

世間の評判が何だってんだよ。あんなもん、嘘ばっかりだ。女中部屋で寝ていただけの娘を、尻軽《しりがる》な娘にしちまうんだもの。おまけに親まで、その通りです、すみませんとあやまってるようなもんだ。

万次郎の方がよほどましだと思ったが、どこで見かけて誰に尋ねたのか、勘兵衛に万次郎の素性《すじよう》が知れた。勘兵衛は、真っ赤を通り越して真っ黒になって怒った。

「手跡指南所の息子だというから、もう少し黙って見ていようと思ったのだが」

火箸は握らなかったが、重い湯呑《ゆの》み茶碗が飛んできた。茶碗はよけたが、次に飛んできた小皿が腕に当り、肘《ひじ》の近くに痣《あざ》ができた。この時もおりきは、「お前がわるいんだよ」と、父に負けず怒っているらしい目を向けた。

万次郎の正体がわかれば、怒るだろうとは思っていた。万次郎は、賽子《さいころ》の万《まん》という異名《いみよう》を持っている。賽子を自在にあやつれる術を身につけていたゆえの綽名《あだな》で、旗本《はたもと》屋敷《やしき》の中間部屋《ちゆうげんべや》で開かれる賭場《とば》に出入りし、壺《つぼ》というものを振っていたのだった。

言うまでもなく、万次郎には「手間賃《てまちん》」が支払われ、一時はその金で暮らしていたのだそうだ。が、それも面白くなくなってやめたという。

「はじめは、俺の好きに賽子の目を出していたつもりだったけどさ。考えてみりゃ、客が丁《ちょう》と言えば半《はん》の目を、半と言やあ丁の目を出していただけだものな」

どんなものにも振りまわされたくない。そんな気持はよくわかった。賭場に出入りするのはやめたので一文《いちもん》なしだと聞いても、おたえは驚かなかった。おたえのほかに女がいて、暮らしはその女に寄りかかっていると聞かされても、それでなくては食べてゆけないだろうなと思っただけだった。

「でもさ、その女の人に追い出されたらどうするの」

「知らねえ。死んだっていいんだ、俺」

可哀《かわい》そうだと思った。可哀そうで可哀そうで、できるだけ万次郎のそばにいてやりたかった。万次郎が中宿へ入って行った時はさすがにためらったが、それでも、それで万次郎が淋しくなくなればと思って、薄暗いのに黒光りする階段を上がって行ったものだった。

深川《ふかがわ》へきたのは、万次郎が約束していた場所にあらわれなかった時であった。口癖《くちぐせ》のように「死んだっていい」と言っていながら、一緒に暮らしている女が寝坊をしたかして、朝飯《あさめし》を食べられなかった時の万次郎は、昼九つの鐘が鳴らぬうちに蕎麦屋へ飛び込んで、「もり二枚」と叫ぶ。おたえと知り合う前からのつきあいだったのかどうか、同じくらいの年頃の娘を連れて、汁粉屋《しるこや》へ入って行くのを見かけたこともある。

「わたし、お金、持ってないから」

しょうがないと思った。家へ帰ればさすがにご飯は食べさせてくれるが、小遣《こづか》いはもらえない。まもなく独《ひと》り立《だ》ちするという長兄をたずねて行って、いくらかの小遣いをもらったことはあるが、長兄も世間の噂を信じているようだった。

「あんまりお父《とっ》つぁんやおっ母さんに心配をかけるんじゃねえよ。お父つぁんに叱《しか》られると、わたしがわるいんじゃないと口答えをするそうだが、よくねえぜ」

と、銭《ぜに》を渡してくれながら叱言《こごと》を言ったのである。母が愚痴《ぐち》をこぼしに行ったようだった。

あれで、出来損《できそこ》ないの妹に意見をしてやったと思っているのかな。

大間違いだと思った。おたえは出来損ないではない。そもそも母の愚痴が間違っているのである。世間の噂は嘘だし、万次郎は可哀そうな若者だった。「わたしがわるいんじゃない」とおたえが言うのは当然なのだが、それを詳《くわ》しく話しても兄はわかってくれないだろうし、第一、耳を貸そうとしてくれないだろう。

それでお金のないわたしを、万次郎さんが相手にしてくれなくなったら、わたし、毎日独り言を言ってなくってはいけなくなっちまう。

尻軽だと噂をたてられているのだから、いっそ遊女《ゆうじょ》になっちまおうかしら。そんなことを考えて、新地橋のたもとまできたのだった。

娘の気持も知らないでさ。

おりきは、おたえがくるのを拒まずにいるお捨を詰《なじ》っているらしい。こちらがうちの娘を甘やかすから、うちの娘がだめになったといったようなことをぐずぐず言っているのだろう。

おたえは舌打ちをした。母親を突き飛ばして、いい加減《かげん》にしなと言ってやろうかと思った。が、そんなことをしたら、お捨に母親に乱暴するとんでもない娘と思われてしまいそうだった。

早く帰っとくれよ、おりきさん。わたしゃ小母さんとこでおにぎりを食べるつもりだったから、お前のつくった朝飯なんぞは食べずに出てきたんだ。今まで浅草《あさくさ》をほっつき歩いていたのは、夜廻りの小父《おじ》さんが眠っているといけないと思ったからなんだよ。なのに頼みもしねえのに、しゃしゃり出てきやあがって。

お捨が、かぶりを振っている。そんなことはないと言っているのだろう。

小母さん、腹が立ったら張り倒してやっていいよ。うちのおりきって女は、人のことをだめだって言ってりゃ手前《てめえ》は利口になれるって思ってるんだよ。

それにしてもと、おたえは隠れている用水桶《ようすいおけ》に寄りかかって蹲《うずくま》った。もう小母さんとこへも行けなくなった。おりきなんて女が出しゃばってきやがったから、小母さんとこにも、おりきのいやなにおいがついちまった。

そっと顔を出すと、おりきが軽く頭を下げて踵を返したところだった。おたえはその後姿に思いきり顔をしかめてみせ、また桶に寄りかかった。

どうする、と自問自答しながら爪《つめ》を噛《か》む。爪を噛むようになったのは、煙草問屋から逃げ帰り、勘兵衛から「お前《めえ》にも油断があったんだよ」と言われてからだった。

おたえは、その夜、頭から夜具《やぐ》をかぶって「どうする」と自問自答した。どうする、親までわたしが手代を誘ったんじゃないかと疑っているけど。

答えなど出るわけがなかった。涙ばかりがこぼれてきて、気がつくと爪を噛んでいた。

が、中島町の木戸番小屋へ通ってくるようになって、爪を噛まなくなった。父と母に顔を合わせぬよう、宵《よい》の五つ頃に家へ戻って、自分の寝床にもぐって頭から夜具をかぶってしまうのは以前と変わらなかったが、以前とちがうのは、いつのまにか眠ってしまうことだった。

勘兵衛の鼾《いびき》が聞えていても、「気楽でいいね、お前さんは」などと悪態をついているうちに眠ってしまう。文句を言うばかりで、娘のことなんざこれっぽっちも心配していないと涙を流すことはなくなった。噛んでばかりいるので短くなっていた爪も、もと通りとまではゆかないが、かたちが整ってきたところだった。

でも、もう小母さんとこには行けない。おっ母さんに見つかっちまったら、わるいことはみんな、小母さんのせいにされちまう。第一、おっ母さんが立っていたとこを通って番小屋の中に入るなんざ真っ平だ。

噛んで口の中に残った爪を吐き出して、おたえは立ち上がった。銭は一文もない。昨夜は六つ半過ぎに帰ったのだが、「何でえ、めしを食いに帰《けえ》ってきたのか」と、まだ起きていた勘兵衛に言われ、口もきかずに夜具にもぐり込んだ。そして、朝飯を食べずに飛び出した。

空腹で目がまわりそうだったが、母親が見つけてしまった木戸番小屋に、「小母さん、お腹空《なかす》いた」と飛び込んで行くことはできないと思った。そんなことをすれば、自分達だけは律儀《りちぎ》な正直者と思い込んでいるばかな親にも、空腹になれば頭を下げてしまうことになるような気がするのだ。

「しょうがない。どこかへ行こ」

お捨ももう番小屋の中に入ったようだ。少し足許がふらついたが、おたえは唇《くちびる》を噛んで歩き出した。どこかで見たような男とすれちがったが、誰だかわからなかった。

そういう顔をしていたのかもしれない。風雷神門《ふうらいじんもん》の前で、おたえは若い男に呼びとめられた。

「娘さんよ。お前《めえ》、お腹が空いているんじゃねえのかえ」

「そう見える？」

と、おたえは笑った。いや、笑ったつもりだったが笑い声が出ず、かわりに腹の虫が鳴いた。

男は懐《ふところ》から出した手で、財布《さいふ》をお手玉のように放り上げて受け取った。

「俺も腹が空いているんだが、一人でめしを食うのも野暮《やぼ》な話だと思っていたんだ」

「ふうん」

「よかったら、つきあってくんなよ」

「ご飯食べるだけなら」

「めしを食うだけって、お前《めえ》、いくつだ」

「十六」

おたえは咄嗟《とつさ》に嘘をついた。十五という年齢は、男にとって女の子が娘に変わる境目らしく、万次郎もしばしば「やっぱり子供だな」と笑っていたものだった。若い娘と昼飯を食べたいらしい男が、おたえを十五と知って、「子供じゃしょうがねえ」と言い出す心配もあった。

「十六か。十六にもなって、空《す》きっ腹《ぱら》をかかえてこんなところをうろうろしていると、ろくなことにならねえぞ」

と、男は言った。

「俺《おら》あ、治助《じすけ》ってんだ。俺みたような男に出会って、有難《ありがて》えと思えよ」

「うん」

とにかく早くご飯を食べさせてくれと思った。治助はおたえの軀を無遠慮《ぶえんりよ》に眺《なが》めまわしていたが、一人でうなずいて歩き出した。おたえを娘と認めたようで、雷門《かみなりもん》前にある奈良茶飯《ならちやめし》の店へ入るつもりのようだった。

茶飯は、大豆《だいず》或《あ》るいは小豆《あずき》、栗《くり》などを入れて炊《た》き込んだ飯で、それに田楽《でんがく》、淡雪《あわゆき》というやわらかい豆腐《とうふ》などその店の名物に汁《しる》がつく。治助が入ろうとしている店は、即席料理の店でもあるので、贅沢《ぜいたく》をしようと思えばきりがないが、おきまりの奈良茶飯であれば三十六文から食べられる。

おたえは、蕎麦屋のほかは入ったことがなかった。蕎麦屋に入ったのも煙草問屋から逃げ帰ってきてからのことで、「女子供が外でめしなんざ食うものじゃねえ」と勘兵衛に言われて育ったおたえにしてみれば、大変な覚悟のいることだった。父への反感がなかったら、煙草問屋でためていた金が、たとえ百両あったとしても入らなかっただろう。

奈良茶飯はうまいよと、煙草問屋の女中は言っていた。淡雪というやわらかい豆腐が、名前の通り口の中でとけてしまいそうな感じがして好きなのだという。

治助が茶飯屋の暖簾《のれん》の前でおたえをふりかえり、「ここでいいかえ」と言った時、おたえはそれを思い出して、「淡雪は好きだよ」と言った。治助は、笑って暖簾をくぐった。食べものの店に入ったことがないと治助に見透《みす》かされていることなど、おたえはまるで気づいていなかった。

淡雪は、女中が言っていた通りうまかった。淡雪もうまかったが、それよりも豆の入った茶飯は、極楽《ごくらく》の御馳走《ごちそう》ではないかと思ったほどだった。治助が「もう一杯どうだ」と言ってくれたが、「もういい」とおたえは見栄《みえ》をはった。

「お前《めえ》、どこの娘だ」

治助は、二合《にごう》の酒を頼んだちろりの底を、未練《みれん》がましく眺めながら言う。おたえは首をすくめた。

「いいじゃないの、どこの娘だって」

「そうはゆかねえ。もう一度会いてえと思った時に困る」

「今、約束しちまえばいいじゃないの」

治助は、片頬《かたほお》で笑った。

「お前《めえ》、可愛い顔をしているくせに、思いきったことを言い出すな」

「そうお。会いたくなると思うんだったら、約束しとけばいいんじゃないの。そんな気は起こりそうもねえというんなら、このまま帰りゃいいし」

「ごもっともだ」

治助は、おたえに顔を近づけた。万次郎の方がいい男だと思った。

「お前《めえ》、男はいるのかえ」

「いないわけじゃないよ」

「そんな程度か。どうせ、ろくな者じゃねえんだろう」

「さあ。手跡指南所の倅《せがれ》だけど」

「へええ」

治助は意外そうな顔をしたが、なぜか「よかったよ」と言った。

「こうるせえことを言ってくる手合いじゃなさそうだものな」

ところでと、おたえを見つめる。万次郎も、こんな風に見つめたことがあったと思った。

「お前《めえ》、働く気はねえかえ」

「そりゃ働きたいよ。でも今のところ、寝るところくらいはあるから」

「その若さで、一文も持たずに雷門の前をうろついてるってのは、あんまり見よいものじゃねえぜ」

「どこで働かせようってのさ」

「そいつは、この次までのお楽しみさ」

「岡場所かえ」

治助は驚いた顔をして、あらためておたえを見た。間《ま》が抜けた顔をしていると思った。

「いいよ、売られてやっても」

お腹はいっぱいになったし、もうどうにでもなればいい。おりきなんて女が中島町澪通りへのこのこ出かけて行ったお蔭《かげ》で、たった一つ、大事にしていた場所もなくなった。万次郎にもたいして会いたくないし、何ならこのまま売られに行ってしまってもいい。

治助がどんな顔をするのかと思ったが、嬉《うれ》しそうな顔をした。岡場所の遊女屋から、稼《かせ》げそうな娘を探してくれと頼まれているのかもしれなかった。万次郎のような男ともつきあったし、わたしは世間の十五の子よりいろんなことを知ってしまったのだと、ふと思った。

「そんなことを言っちまって、お前《めえ》、ほんとうにいいのかえ」

「いいよ。行くところがなくなっちまったんだもの」

「さっき、寝るところはあるって言ったじゃねえか」

「寺の境内や野《の》っ原《ぱら》で寝るのがいやだから、屋根のあるところへ帰って寝ているんだよ。それだけだもの」

煙草問屋のことだって、あんな思いを二度としたくないと思ったから、夜の明けるのを待ちかねて逃げ帰ったのだ。一緒に寝ていた女中が目を覚ましてくれたからよいものの、女中がぐっすりと寝入っていたら、或いは故郷へ帰っていたら、おたえは口を塞《ふさ》がれて、手代の思い通りにされていたのである。

夜の明けるまで、十四の世間知らずの頭でいろいろ考えて、必死で逃げ帰ったのに、「お前にも油断があったんだ」と勘兵衛は言った。万次郎と中宿へ行き、手代がおたえをどうしたかったのかがよくわかったのだが、その時も勘兵衛は「そんなふしだらな娘をもった覚えはねえ」と言った。おたえにすれば、手代に襲われたのだと幾度説明しても、わかってくれなかったから「どうにでもなれ」と万次郎について行ったのである。

尻軽なので煙草問屋から追い出されたという噂を、「それは、お店が流した噂じゃねえのかな」と言ってくれたのは、木戸番の笑兵衛一人で、「わたしも、そうだと思いますよ」とうなずいてくれたのはお捨一人だった。

「ま、人の噂も七十五日だ。お前《めえ》さえよかったら、噂の波が鎮《しず》まるまで、うちへきて羊羹でも食ってな」

その言葉がどれほど嬉しかっただろう。あまり好きではなかった羊羹を、江戸で一番、いや、諸国のどんな食べものが集まってきても一番おいしいと思ったのはその時からだった。

が、羊羹は、決して安い菓子ではない。お捨は、毎日あらわれるおたえのために、自分は一切《ひとき》れも口にせず待っていてくれたのだった。

お父つぁんやおっ母さんでさえ、わたしがわるいと言っていたのに。小父さんと小母さんは、毎日きていいと言ってくれた。噂が消えるまで、羊羹でも食っていろと言ってくれた。

その行き場所がなくなった。母親のくせに、娘に文句を言うことしか知らないおりきがのこのこ出かけて行って、お捨に難癖《なんくせ》をつけていた。塩を壺いっぱい撒《ま》いて、おきよめをしたってもう番小屋に入れやしない。

だから、わたしは売られてやる。遊女屋には、わたしと同じような身の上の人がいっぱいいるにちがいないから、友達もできるだろうし、行き場所をなくして雷門の前をうろついているよりいいかもしれない。それに岡場所へ売られた人は、みんなおかしな病《やまい》にかかって早死にするというから、わたしもさっさと死んでやる。

「行くよ」

と、おたえは立ち上がった。

「ご飯を御馳走様。明日、雷門の前で待っているよ」

「わかった」

治助は思いがけない展開についてこられないのか、少々まごついているようだった。

先刻、弥太右衛門が呼びに行ってくれたおりきが、木戸番小屋に着いて、部屋の隅に坐《すわ》った。狭い木戸番小屋は、お捨と笑兵衛と、おりきと勘兵衛とおたえでいっぱいになって、しばらく上がり口に立って、これまでの経緯《いきさつ》を話していた弥太右衛門が、「これから先、俺は邪魔《じやま》だな」と言って番小屋を出て行った。弥太右衛門は、用水桶の陰から出て行った時にすれちがった男だった。

弥太右衛門によれば、すれちがったおたえの表情があまりにも異様《いよう》だったので、弥太右衛門の家にきていた笑兵衛に伝えたのだという。笑兵衛は手に持っていた将棋の駒《こま》を盤《ばん》の上に投げつけて飛び出して行ったそうだ。

「お蔭で歩《ふ》が一枚なくなっちまったよ」

と、弥太右衛門は笑う。駒は、弥太右衛門が差配をひきうけているいろは長屋の住人が、普請場から木片を拾ってきてつくってくれているそうだ。

「ま、そんなことはどうでもいいが」

笑兵衛は、おたえが行ったのは浅草あたりと見当《けんとう》をつけ、追って行ったという。それでも間に合わなかったというが、おそらく先に風雷神門の前についてしまったのだろう。おたえは、ふらふらと路地《ろじ》を抜けたりして雷門前に行ったのだった。

見失った笑兵衛は、その足で京橋へ行った。大工の勘兵衛という名前だけを頼りに、おたえの家を探し当てたのである。

家にはおりきがいた。おたえのようすがおかしいと言っても、おりきは「打棄《うっちゃ》っといておくんなさい」と答えたそうだ。

「打棄っといておくんなさい。あの娘はもう、わたしの娘じゃないと思ってるんです」

「でも、おたえちゃんはお前を母親だと思ってる」

まさかと声をあげて笑ったと、おりき自身が言った。

「どこをほっつき歩いているんだか、宵の五つ過ぎに戻ってきて、只今《ただいま》帰りましたでもなければ遅くなってごめんなさいでもない。うちは平屋《ひらや》ですから隣りの部屋に寝ているんですけど、そこへ黙って入って行って、翌《あく》る日《ひ》はお天道様《てんとうさま》がいい加減上へのぼってきた頃に起き出してくる」

叱言も言いました、親に恥をかかせないでくれと泣いて頼みもしましたと、おりきは言った。

だが、おたえの返事はない。稀《まれ》に口にする言葉が、「ふん、親のくせに」というものだった。

その上に、女に食べさせてもらっているごろつきと言ってもよいような男とのつきあいである。亭主の勘兵衛に殴られようが、おりきが泣いて叱ろうが、一言《ひとこと》も口をきかずに家を出て行く。

「木戸番小屋へも行っておりましたんだそうですね。おたえが押しかけて行ったのか、そちら様が連れて行きなすったのかは存じませんが、そちら様がお前のしたいようにしろなどと言っていなさると、わたしの叱言はみんなむだになっちまうんです」

「だから」

「帰っておくんなさいまし。好きにすればいいと、さんざんおたえに吹き込みなすっておきながら、おたえのようすがおかしいから何とかしてやれと言われても、迷惑というものです」

「明日、俺がおたえさんを尾《つ》けて行くのはわけはない」

と、笑兵衛は言った。

「が、俺は赤の他人だ。赤の他人が尾けて行っておたえちゃんを連れ戻しても、何にもならねえと思いやすが」

「ですから、わたしどもにとっても、おたえはうちの娘じゃありません」

「いいんですかえ、そんなことを言いなすって」

おりきと押問答をしているところへ、仕事を早く終えた勘兵衛が帰ってきた。勘兵衛も笑兵衛の話を苦笑いしながら聞いていたが、「おたえちゃんは、お父つぁんやおっ母さんに助けてもれえてえと思っているんだ」という一言を聞いて表情が変わった。

「おたえちゃんが、親のくせにと憎まれ口をきくのは、その裏《うら》っ返《かえ》しだよ」

勘兵衛は、しばらく黙っていた。しばらく黙っていて、おたえには信じられぬことだったが、「その通りかもしれねえ」と言ったというのである。

「笑兵衛さんといいなさいましたね。お前《めえ》さんの言いなさる通りだ。俺《おら》あ、おたえを思ってやるのを忘れていたよ。そりゃ、俺の娘だとは思っていましたさ。思っていたが、それが、俺の娘なら親に恥をかかせるなって方に行っちまってたんだ」

煙草問屋の一件でも、辛抱《しんぼう》が足《た》りねえとか、年嵩の女中と夜具をくっつけるなど少しは知恵を働かせろとか文句を言っちまったが、それは、男の俺だから考えつくことだった。まだ子供で、女のおたえにしてみりゃあ、ただただこわかったことだろう。

「親のくせに恥ずかしいよ、笑兵衛さん。おまけに、親の俺が見放した娘の面倒までみてもらっちまった。有難《ありがて》え。それだけじゃ足りねえが、今は、それだけしか言えねえ」

信じられなかった。いくら相手が笑兵衛でも、あの勘兵衛が両手をついて礼を言うなど、まるで考えられなかった。が、勘兵衛は、ふいに深川の櫓下《やぐらした》という岡場所にあらわれて、おたえを遊女屋へ連れ込もうとした治助を殴りつけたのである。

「売られてもいいと、この娘の方が言ったんだぞ」

と、治助はわめいた。遊女屋からは一癖ありげな男達が何人も出てきたが、勘兵衛はおたえを引き寄せて、「俺《おら》あ、売らねえ」と治助より大きな声で叫んだ。

「娘が身売りすると言ったとしても、俺あ、売らねえぞ。可愛い娘を誰が手放すものか」

「何が可愛い娘だ。とんでもねえ、あばずれだ」

「何とでも言え。俺にゃ可愛い娘だ」

思わず、おたえは勘兵衛を見上げた。勘兵衛のうしろにいたので、勘兵衛のがっしりとした肩と、叫ぶたびにかたちが崩れてしまいそうな髷《たぼ》しか見えなかったが、ひさしぶりに勘兵衛を見たような気がした。

そっと羽織《はおり》の背をつかむと、勘兵衛の手がおたえの背を押えた。俺のうしろにいれば大丈夫だと言っているようだった。確かに恰幅《かっぷく》のよい勘兵衛のうしろにいれば、小《こ》柄《がら》なおたえはすっぽりと隠れてしまうにちがいなかった。

そのあとも、勘兵衛は治助や遊女屋の若い者と大声で言い争っていたが、何を言っているのか、おたえはまるで聞いていなかった。勘兵衛の背に顔も軀もすり寄せて、子供の頃にかいだ父親のにおいを思い出していた。父親は生きていてくれたのだとも思っていた。

勘兵衛や治助や遊女屋の男達の大声で、富岡八幡宮《とみがおかはちまんぐう》へ参詣《さんけい》にきた人達も集まってきた。誰が知らせたのか笑兵衛も駆けつけてきて、治助はいつのまにか姿を消し、遊女屋の男達はそれぞれの店へ、おたえと勘兵衛は笑兵衛と一緒に木戸番小屋へ引き上げてきたのだった。

勘兵衛は、おたえの手を離さなかった。おたえも父に軀を寄せて歩いた。わけもなく涙がこぼれて仕方がなかった。

番小屋では、お捨が待っていてくれた。羊羹が切ってあった。勘兵衛は妙に震える手で羊羹を口へはこび、「ほんとうにうめえ羊羹だ」と言った。勘兵衛がおたえにも羊羹の小皿をとってくれたが、一度とまった涙がまた流れてきて、おたえは父の腕のあたりに顔を埋めた。

「まったくもう、いつまでも子供で」

と言う父に、お捨は「可愛い娘さんじゃありませんか」と言ってくれた。

それから少し羊羹を食べて、お茶を飲んで、「お捨さんと笑兵衛さんに、うちへもきてもらおうな」などと話しているところへ、おりきがきたのだった。おたえは少し緊張して、勘兵衛のうしろへ隠れようとした。

「ばか。手前《てめえ》のおふくろじゃねえか」

だが、まだおりきのそばへは行かれない。おりきは、勘兵衛にすがりついているおたえをじっと見つめていた。

そのおりきの口が開いた。

「おっ母さんだよ、おたえ」

それだけでよかった。幼い頃、夢にうなされているおたえを揺り起こしてくれて、おりきは「どうしたの、おっ母さんだよ」と言ってくれたのである。

父の手がおたえの背を押した。おたえは、おりきににじり寄った。母の懐がおたえを待っていた。

第八話　暗鬼

弥太右衛門《やたえもん》の女房がいて、裏の炭屋の女房がいた。針仕事の達者なおはんがいて、深川名物《ふかがわめいぶつ》となった時雨焼《しぐれやき》という菓子を考えだしたお俊《しゅん》がいて、このなかでは年嵩《としかさ》のおすまとおもんがいた。

そのほかに、弥太右衛門が差配《さはい》をつとめているいろは長屋の住人であるおけいも、赤ん坊を連れてきているのだが、木戸番《きどばん》小屋の狭い部屋には坐《すわ》るところがなくなって土間に降り、急須《きゅうす》の茶の葉をかえたり、お俊が佐賀町《さがちょう》の菓子屋まで行って買ってきたという時雨焼をのせる皿を探したりしている。赤ん坊は弥太右衛門の女房が抱いていて、隣りに坐っているおはんが、しきりにあやしていた。

木戸番女房のお捨《すて》も、土間にいる。自分の住まいなのに坐るところがなく、先刻かふっくらと太った軀《からだ》を横に向け、狭い土間の出入口と部屋への上がり口の間を行ったりきたりしているのだが、集まった女達は誰も気がつかないらしい。

みな娘の頃に戻った気分でいるのだろう、それこそ落とした箸《はし》がころがっても笑う。上がり口に置かれた踏石がわりの台にお捨とおけいが腰をおろすと、「すまないねえ、わたし達ばかり騒いでいてさ」と腰を浮かせてくれるのだが、坐る場所をかわると言ったのを瞬時に忘れて、話の輪の中に入ってしまうのである。昨日一人、今日も一人、内職の都合がつかなくなって行かれないということづけがなかったなら、四人が土間にならんでいるところだった。

木戸番の笑兵衛《しょうべえ》は、そうなることを見越していたのかもしれない。とうに向かいの自身番屋《じしんばんや》に避難していて、いつもなら、忘れて行けば必ずとりに戻ってくる大ぶりの湯呑《ゆの》みもそのままになっていた。

お捨は、することがなくなって土間に立っていたおけいを、上がり口にあったわずかな隙間に押し込んでやって、自分も腰をかけられる場所を探した。腰かけられる場所は見つからなかったが、甕《かめ》の水が少なくなっていることに気がついた。

井戸は、炭屋の店先にあるのを使わせてもらっている。お捨は、人一人がやっと通れるくらいの路地を歩いて行き、垣根の破れから炭屋の庭へ出た。

客がきているようで、店から笑い声が聞えてくる。お捨が店へ声をかけると、案の定、「こっちはこっちでやっているからと、女房に伝えておくんなさい」という亭主の声が飛んできた。

つるべで水を汲《く》み、重い手桶《ておけ》を下げて戻ってくると、番屋で書役《しょやく》をつとめている太《た》九郎《くろう》の姿がちらと見えた。木戸番小屋をのぞいていたようだった。

「お前《めえ》の言う通り、お捨さんはいなさらねえようだな」

と言う声が聞えた。連れがいるようだった。

「どうするえ」

「あの、わたしならここにいますけど」

お捨は重い手桶を路地に置いて、澪通《みおどお》りへ出て行った。

「何かご用でございましたか。それとも、うちの笑兵衛が大の字になって眠っちまったとか」

「いや、笑兵衛さんは将棋に夢中だが、あそこにいなさる新七《しんしち》さんが、お捨さんを探していなすったので」

澪通りに立っていた男が、てれたような表情を浮かべて頭を下げた。ごく近頃、中《なか》島町《じまちょう》に越してきた古傘買いの男だった。

古傘買いは、破れ傘を四文か八文、骨の状態のよいものなら十二文《じゅうにもん》で買い取って、傘屋に売る。傘屋は買い取った古傘の骨をきれいに洗い、新しい油紙《あぶらがみ》を貼り、それに見合った値段で売るのである。

「ご用でしたら、中へ入ってくだされればよかったのに」

「冗談じゃない」

新七ではなく、太九郎が首をすくめた。

「誰があの中へ入って行けるものですか」

「あら、どうして」

「みんな、年齢《とし》をとって女の化けものになっちまった、いや、ちがうちがう、こわいものがなくなっちまったお人ばかりじゃありませんか。こちとらなんぞは、おそれおおくって中へ入れない」

「まあ、化けものに近くなってはいますけどねえ」

「とんでもねえ、お捨さんは別ですよ」

別、別と太九郎は幾度も顔の前で手を振って、うしろにいる新七を自分の前へ押し出した。

「さ、早くお前《めえ》の用事ってのを話しちまいねえ」

太九郎は、遠慮をしているらしい新七の背をもう一度押して、番屋へ戻って行った。

新七は、買い集めた古傘を傘屋に売ってきたらしい天秤棒《てんびんぼう》を、かつぎなおして、また肩からおろした。

「あの、明日寄らせてもらいまさ。その、股引《ももひき》の継布《つぎ》にする布《ぬの》っきれを、図々しくもらいにきたんで」

「あ、それなら見つけてありますよ」

思い出した。数日前、新七は、継布《つぎ》の当てかたを教えてくれと言って木戸番小屋にきたのだった。股引の破れくらい自分で繕《つくろ》いたいというのだが、継布当て用の布は、幾度か使ったらしい手拭《てぬぐ》いだった。

いくら裏から当てるものでも手拭いではと、お捨は継布になるような端布《はぎれ》を探しておくと言った。新七は、早く継布を当てたい一心で、仕事を早く切り上げてきたらしい。

「ちょっと中へお入りなさいな。端布は、すぐに出せますから」

「でも、もういっぱいじゃありませんか」

「大丈夫ですよ」

土間になら、まだ隙間がある。継布を当てるくらいは教えられるし、女達が持ち寄った菓子やら漬物やらの食べものもあった。若い新七なら小腹の空《す》く頃で、おもんが持ってきたいなりずしなどは、喜んで食べてくれるにちがいなかった。

はしゃいでいる女達は遠慮がない。お捨のうしろからおそるおそる入ってきた新七を見て、「ま、若いお人」と歓声をあげた。

うのである。
「近頃、男と話をするっていうと、お湯屋《ゆや》の亭主か蕎麦屋《そばや》の出前持くらいだものねえ」
「ほんと。江戸は男が多いっていうのに、誰が独り占めしているんだろうね」
お捨は土間に茣蓙《ござ》を敷こうとしたが、女達が承知しなかった。上がってもらえとい
うのである。
おけいが割り込むのも容易ではなかった筈《はず》なのに、女達の肩が触れ合うまで詰めて
ゆくと、できないと思っていた隙間ができた。
おはんは、新七がお捨をたずねてきたわけを聞いて、新七を自分と弥太右衛門の女
房との間に坐らせた。お捨の針箱を見つけて指貫《ゆびゆき》をはめ、針の持ちかたを教えている。
その間に小皿が女達の手を渡ってゆき、いなりずしと煮物をのせたもの、漬物をの
せたもの、菓子をのせたものが新七の前まできた。おはんが針の運びかたを教えてい
るにもかかわらず、女達は、お茶のおかわりはどうか、甘いものは嫌いか、漬物の味
はどうかと、次々に新七へ話しかける。
たまりかねたように新七がお捨を呼んだのは、それからまもなくのことだった。
「お捨さん、すまねえ。俺、急な用事を思い出しちまった」
「あらあら、大変。でも、思い出しなすってよかった」
用事があるとは思えなかったが、お捨は新七に調子を合わせた。

「それじゃ、お先にすみません」

新七は、たてかけてあった天秤棒をとり、部屋に向かって女達の数だけ頭を下げてから小屋を出て行った。

外はまだ明るいものの小屋の中へ射《さ》していた陽《ひ》の向きがかわり、世間話に夢中になっていた女達も、そろそろ夕暮れだと気づいたようだった。誰からともなく「おひらきにしようか」と言い出して、汚れた皿を盆に重ねたり、茶飲み茶碗をざるへ入れたりしはじめた。

「油のついているものも、そのまま井戸端へ持って行っておくれ」

と、炭屋の女房が言っている。

「うちでもお湯を沸かしているからさ」

熱い湯をかけて、油汚れを落としてくれるというのだろう。弥太右衛門の女房が、「あれ」と呟《つぶや》いたのはその時だった。

茶碗を入れたざるをかかえ、路地へ出ようとしていたお捨も足をとめた。弥太右衛門の女房は、しきりに懐《ふところ》や帯の間を探っていた。

「財布がないんだよ」

「何だって」

それぞれにちがう声が同じ言葉を言い、炭屋の女房もおはんも、おすまに赤ん坊を背負わせてもらっていたおけいも、上がり口に立っている弥太右衛門の女房をかこむように集まってきた。

「忘れてきなすったんじゃありませんかえ」

と、お俊が言う。弥太右衛門の女房は、しばらく考えてからかぶりを振った。

「いや、持ってきたよ。あやうく一文《いちもん》も持たずに出かけそうになって、いくらお捨さんとこが近いからって文《もん》なしで出かけるのはねって、独り言を言いながら懐へねじ込んだんだから」

もっとよく探してごらんよ、その辺に落ちてないかえなどと口々に言いながら、女達は思い思いの場所にうずくまった。

お捨は、薄暗くなった土間に立って、女達が笑兵衛の夜具までひろげているのを眺めていた。狭い小屋の中である。その上、弥太右衛門の女房は、おけいのように動いてはいない。小屋で落としたのだとすれば、すぐに見つかる筈だった。

薄暗い土間が、さらに暗くなった。夕暮れの陽をさえぎって、出入口に立った者がいるのだった。

ふりかえると、新七が立っていた。天秤棒を持っていないのは、一度、家に戻ったからだろう。

「あの」

新七が懐に手を入れた。何となく、お捨の胸が騒いだ。

「帰り道で、これを拾ったんで」

やはり、という胸のうちの声がかすかに聞えた。差し出された新七の手が持っているのは、女物の財布だった。なぜか、お捨は新七が財布を持ってくるとわかっていたような気がした。

「誰のかわからねえけれど、女の人ならここへ大勢きなさるから、お捨さんにあずければ持主がわかると思って」

「まあ、わざわざ有難《ありがと》うございます」

お捨の声が大きく聞えたのは、たった今までざわざわとしていた部屋が、静まり返ったからにちがいない。

「いや、そこから引っ返せばよかったんだが、湯屋へ行くついでにと思っちまったものだから」

新七も、女達が黙りこくっていることが気になったらしい。目は、財布を渡したお捨ではなく、部屋の真中にかたまっている女達に向けられている。

「それじゃ、よろしくお願いしまさ」

居心地がわるいのだろう、新七はそそくさと踵《きびす》を返し、早足で薄暗《うすくらがり》の中へ入って行った。

その足音が遠くなってから、お捨は、財布を高くかざして女達に見せた。「あ、わたしのだ」と、弥太右衛門の女房が言う。女達が、三味線《しゃみせん》の合図を送られた人形のようにいっせいに動き出した。

「ねえねえ、どういうことなの。おかみさんのお財布が、道端に落ちてたとでもいうのかしら」

「今の話を聞いていると、そうなるけど。どうですえ、おかみさん」

「わかりませんよ、そんなこと。ただ、落としたと気がつけば、いくらわたしがぼんやりでも」

「拾うよねえ」

「落としたのに気がつかなかったんだろうと言われれば、それまでだけど」

「でも、おかみさんの隣りに坐っていなすったのは、あのお人でしょ」

話がいやな方向に向かってきた。懐をねらうってのもできないことじゃない。

「みんな、おはんさんが動かす針に気をとられていたら、懐をねらうってのもできないことじゃない」

「そうねえ」と、女達は顔を見合わせてうなずいた。できるかもしれないと思っているのが自分だけではないと、お互いに確かめたのかもしれなかった。

それで安心したのかもしれない、女達は遠慮のないことを言い出した。

「考えてみりゃ、ほんとに拾ったのなら自身番屋へ持って行くだろうし」

「そうそう、弥太右衛門さんだって太九郎さんだって顔見知りなんだし」

「持主がわかっていたから、ここへ持ってきたんでしょうね」

「やめてくださいな、もう」

お捨は、自分の胸も黒くくすぶっていることに目をつむって言った。

「新七さんはそんなお人じゃないって、よくご存じの筈でしょうに」

「でも、こういうところを見ちまうと」

女達が口を閉じ、妙に静かになった部屋の真中に、「あのねえ」という重たい響きの言葉が落ちてきた。おもんだった。

「黙ってたけど、わたし、あの男の正体を知ってるんだ」

「おもんさんは、新七さんのお知り合いだったのかえ」

「そうじゃないよ。そうじゃないけど、うちは永代寺《えいたいじ》さんに近いだろ」

突然の雨に見舞われた参詣客が、長屋の木戸や差配の家の軒下へ逃げ込んでくることがよくあるのだという。

その日も俄《にわ》か雨《あめ》があり、出かけていたおもんは、手拭いを頭にかぶって長屋まで駆け戻ってきた。ひさしぶりの駆足に、心の臓が口から飛び出してきそうなほど息がはずんでいて、おもんは木戸うちへ入るのもつらくなり、差配の家の軒下に入った。二人連れの男の先客がいたが、かまわなかった。

激しく動悸《どうき》をうつ心の臓を両手で押えているると、その目の前を菅笠《すげがさ》をかぶった新七が走って行った。前日に古傘を一本売って、多少の世間話もしたのだが、激しい雨から早く逃れたくて、おもんに気づかなかったのかもしれない。

「あれ、今のは新七じゃねえかえ」

という声が聞えた。雨宿りをしていた男達だった。

「うむ。確かに新七だ。間違えねえ」

「あいつ、こんなところに住んでいたのか」

「引っ越さなくともよかったんだよ。縁台《えんだい》に置かれていた財布を手前《てめえ》の懐へ入れたってのも、手前《てめえ》の金が欲しかったんじゃねえ。おとよちゃんを医者に診《み》せてやりてえ一心からだったてえんだから」

「思い出したよ。新七が取《と》っ捕《つか》まった時、おとよちゃんの親父《おやじ》が、俺は死罪になってもいいから新七を許してくれって、大騒ぎをしたっけ」

「あの時は俺達ももらい泣きをしたっけが、その親父さんとおとよちゃんが、あっけなく逝《い》っちまうんだものなあ」

「置引《おきびき》の汚名を着てまで、何のために生きていたんだと、あいつ、めしも食わずにいたっけ。でも、元気になったようだな」

「うむ。自棄《やけ》になったてえ噂《うわさ》も聞いたが、まじめにやっているようだし。俺達とはあまり顔を合わせたくねえだろうから、近所には黙っていようぜ」

「ああ」

だからさと、おもんは声をひそめた。

「他人のものに手を出したことは、あるんだよ」

「そういうのって、癖になるからねえ」

「何を言ってなさるんですか」

お捨は語気を強めた。

「新七さんの話は、もうおしまい。御飯のおかずの話でもしましょ」

女達は、顔を見合せてからかぶりを振った。「とんだ長居をしちまって」と、口々に言いながら土間に降りる。おけいの背負っている赤ん坊も泣きだした。

いつもなら赤ん坊をあやすのを口実に足をとめ、また女達の長話がはじまるのだが、今日は、新七への疑いが気を重くしているのかもしれない。女達は赤ん坊をあやすのもそこそこに小屋を出て、澪通りの左右へ別れて行った。


笑兵衛が目を覚ましてくれたので、お捨は留守を頼み、番小屋の外に出た。行きたいところがあるわけではなかった。ただ、番小屋にいると、数日前のおもんの声が聞えてくるのである。おもんは新七を、他人のものに手を出したことはあると言っていた。

知らなかったわけではない。一月《ひとつき》あまり前、若い定町廻り《じょうまちまわ》り同心《どうしん》の神尾左馬之介《かみおさまのすけ》が、「ご夫婦に頼みがあるんだよ」とたずねてきた時に、すべて聞いた。頼みは言うまでもなく、新七という若い男を中島町の長屋に住まわせるので、それとなく面倒をみてやってくれというものだった。

根はほんとにいい奴《やつ》なんだと、左馬之介も言っていた。もともとは左官職なのだが、おそらくは身内の看病などという事情があったのだろう、弟子入りが遅く、事件を起こした二十二の時も、まだ手間取《てまと》りだったという。

おとよという娘の容体が急にわるくなったのは、梅雨のさなかだった。雨が降れば、左官は仕事ができない。手間取りの職人にたくわえなどあるわけもなく、縁台の財布に思わず手をのばした気持もわからなくはないというのである。

新七を捕えた定町廻り同心も、半狂乱になって情けを乞うおとよの父親や、何かの間違いだと押しかけてきた近所の人達を見て、新七が盗みを繰返すような男ではないと判断したのだろう。大番屋へも送らずに、お解《と》き放《はな》ちにしたそうだ。

財布を盗《と》られた男は、事情を知ると、三、四十文しか入っていなかったその財布をさかさにして、少いが患っている娘のために遣ってくれと言った。同心も、番屋に詰めていた町役人達《ちょうやくにんたち》も、懐から財布を出して新七の前に思い思いの金を置いた。新七は、みんなの気持をもらったおとよは、それだけで癒《なお》ると泣いたそうだ。

が、その金さえ遣いきれぬうちに、おとよは他界してしまう。新七は見るのも気の毒なほど萎《しお》れていたが、気をとりなおしたのだろう、おとよも望んでいる筈だからと言って、おとよの父親をひきとって働きだした。それも、晴れの日は左官、雨の日は荷車の後押し、夜もおもちゃづくりの内職と、寝る間も惜しんで働いていた。

躯をこわしたらどうすると、新七の方を心配する者もいたが、新七は、財布をさかさにしてくれた男や、同心や町役人に金を返したいし、おとよの父親にもうまいものを食べさせてやりたいしと、笑ってかぶりを振っていたという。

それが張り合いになっていたのだろうが、おとよの父親は、頭が痛いと言った翌日にこの世を去った。医者に診《み》せる暇もなかったらしい。

お前《めえ》は充分に面倒をみた、おとよちゃんも喜んでいるよなどという慰めは、新七の耳に入りはしない。野辺の送りをすませたあと、新七は家にひきこもって、顔を洗いにも出てこなくなった。めしも食べていないのだろう、おとよと父親のあとを追う気ではないかと、近所の人達がようすを見に行っても、返事すらしなかったという。

近所の人達からの又聞きにちがいない左馬之介の話によれば、数日後、その新七が路地へ出てきた。目はおちくぼみ、頬はこけて、幽鬼のような姿だった。

が、新七は、心配して駆け寄った人達を、突き飛ばして走り出した。長屋の木戸を飛び出して、近くの小売りの米屋に入り、天井から吊るされている銭入れのざるに手を突っ込み、銭をつかみ出して新大橋《しんおおはし》を渡った。深川へ入って、そこが最初に目についた店だったのかもしれない。海辺大工町《うみべだいくちよう》の縄暖簾《なわのれん》に飛び込んだのだそうだ。

このあとで、神尾左馬之介が呼ばれることになる。新七は、ひやで酒を飲んだ。それも二合半《こなから》を二度頼んだらしい。さすがに飲みきれなかったようだが、空き腹に三合以上の酒がきかないわけがない。その上、米屋のざるからつかみ出した銭は、走ってくる間にかなりこぼれてしまったらしく、五合の酒代には足りなかった。

「いいだろう、飲ませてくれたって」

と、新七はわめいた。亭主は黙っていたが、居合せた二人連れの客が、「甘ったれたことを言うな」「酒は金を払って飲め」と、聞えよがしにつぶやいた。新七は、この二人に飛びかかっていったのである。

酔いがまわるほど酒を飲むのもはじめてなら喧嘩《けんか》をするのもはじめてにちがいない男が、殴り合いくらいはしたことがあるらしい男二人を相手にして、勝てる筈がない。たちまち新七は血だらけになり、土間にころがった。

左馬之介は、喧嘩の仲裁を求めて飛び出してきた縄暖簾の亭主と鉢合わせをし、血まみれ泥まみれの新七を、木戸番小屋に連れてきたのだった。

「頼むよ」

と、左馬之介は、ちょうど目覚めた笑兵衛の前に手をついて言った。

「頼むよ、お捨さんも。こいつは、ほんとにいい奴なんだよ」

た。

「うるせえや」

届かなかったけれども、新七は、あぐらをかいていた足で、左馬之介を蹴ろうとした。

「よしねえ、わるぶるのは」

と、左馬之介は軽くいなしたが、新七は顔をあおむけてわめいた。

「俺のどこが、わるだ。金がなかったからもらった、酒を飲みたかったから飲んだ。してえことをして、何がわるい」

「わるいよ」

笑兵衛が、ぼそりと言った。

「酒を飲みたかったら金を払う、その金がなかったら働いて稼ぐ」

「てやんでえ」

新七は肩を揺すって笑った。

「俺あ、ずっと働いて稼いでいたよ。ああ、昼も夜も働いて稼いだよ。食うにゃ困らなかったし、病人に干物じゃねえ魚を食わせることもできた。が、そのあげくがどうだ」

笑兵衛も左馬之介も、お捨も何も言わなかった。

「俺あ、病人に癒ってもらいたかったんだよ。おとよも、おとよの親父も、俺にゃだいじなだいじな宝物だったたんだよ。正直に言やあ、一杯《いっぺえ》飲みてえと思うこともあった。新しい足袋《たび》を買いたかった時もある。が、宝物にうまいものを食わせてやれねえくらいなら、酒や爪先のつめたさを我慢した方がいいと思ったよ」

笑兵衛も左馬之介も、まだ黙っていた。宥《なだ》める言葉も見つからなかったのだろうと思う。お捨もそうだった。

「なのに、神様も仏様も、遠慮なく俺の宝物を持って行きゃあがった。可愛《かわい》い娘や人のいい親爺《おやじ》が欲しかったのかもしれねえが、まるで我慢をしてくれなかった。それなら俺も、もう我慢はしねえ。金が欲しけりゃ金を、腹が空《す》きゃ食いものを、かっさらってやる」

その時はお捨も、身内も同然だったおとよとおとよの父親に先立たれて、捨鉢《すてばち》になっているだけだと思った。事実、笑兵衛が番屋にいた弥太右衛門を呼びに行き、空いている長屋を探してやってくれと頼んで、弥太右衛門がこころよくうなずいた時は、うろたえたような表情を浮かべたのである。精いっぱいふてくされているのに、誰も怒らず、あきれた顔もしなかったので、意外だったのだろう。

いい人なのだとは、わかっている。わかっているが、古傘買いの暮らしは、左官の時より楽であるわけがない。

笑兵衛や弥太右衛門や、気のいい長屋の人達にかこまれてつましい暮らしをはじめたが、一度はまじめに暮らすのがばかばかしくなった男だ。長屋の若い娘に声をかけられればおとよを思い出し、湯屋へ出かけて行く父子連《おやこづ》れを見かければおとよの父親を思い出して、俺はなぜ深川まできて、一人で貧乏暮らしをつづけているのだろうと、わびしくなったこともあるにちがいなかった。

自棄《やけ》になっても仕方がないじゃありませんか。

そう思う。が、そう言って新七をかばいたくなるのは、新七を疑っているからだった。新七を疑っていなければ、自棄になっても仕方がないなどと、おもんや弥太右衛門の女房に言うだろう同情の言葉を、用意しなくてもよいのである。

私は、新七さんにもおもんさんにも、いい顔をしようとしている。

うとましいかぎりだった。うとましいかぎりだったが、その気持を押しのけて、黒い煙がひろがってくる。

弥太右衛門の女房の財布にいくら入っていたのかは知らない。何十枚かの銭が財布を重くしていたにちがいないが、それでも「おでん燗酒《かんざけ》」と売りにくる安酒なら、味噌《みそ》をぬった芋を肴《さかな》に一合や二合は飲める。

左官の親方に連れて行ってもらった料理屋の酒を、「あれはうまかった」と洩《も》らしたことのある新七である。働いても働いてもうまい酒が飲めない暮らしに嫌気がさし、つましくも、まじめも忘れてしまうことにしたのではあるまいか。

「ほら、またですよ」

お捨は、顔をしかめてつぶやいた。新七を疑いながらかばっていたのだった。

「新七さんが、そんなことをしなさるわけがないって、わかっているのに」

わかっているのだが、黒い煙はどうしても噴き出してきて、ひろがってしまうのである。

川の流れが目に映った。我に返ると、永代橋《えいたいばし》の上にいた。どれくらいの間、欄干《らんかん》に寄りかかって隅田川を眺めていたのか、怪訝《けげん》な顔でお捨をふりかえってゆく者もいる。足をとめた者がいるような気がして、その気配の方を向いた。新七が立っていた。お捨もうろたえたが、新七もお捨を見かけて立ちどまったのだろうに、うろたえたように顔をそむけた。お捨は、口の中の唾《つば》を集めて飲み込んでから声をかけた。

「あら、今日のご商売はお休みですか」

「いえ、まあ、休みといえば休みなんですが、野暮な用事もありまして」

「おいそがしいのねえ」

「いえ」

そのあとの言葉は、口の中でころがっているだけで、外へ出てこないようだった。

「あの、実はお捨さんに」

「わたしにご用事なの」

「用事というか」

新七は、そこで言葉を切った。

「木戸番小屋にも寄ったんですが、お捨さんはお出かけということだったんで、俺もぶらぶら歩いてきたら、ここにお捨さんがいなすったんでさ」

「そう。出会えてよかった」

新七がお捨を見た。

「いろいろお世話になりやしたが、引越をしようと思って」

どうして、と、お捨はかろうじて声にした。新七は、川の流れを眺めていたお捨の胸のうちがわかっているような目で、お捨を見つめた。

「何かと居づらくなりやして」

どうして、と尋ねなければいけないと思ったが、その言葉が出てこない。

「黙って引っ越しちまえば俺もいい男なのかもしれねえが、一言《ひとこと》、お捨さんに言っておきてえと思って」

お捨は目を伏せた。何を言われても当り前だと思った。

「俺あ、二度と自棄にはならねえ。言いてえことは、それだけでさ」

背を向けて、橋を霊岸島《れいがんじま》の方へ渡って行こうとする新七を、お捨は思わず呼びとめた。新七に言う言葉は、何も持ち合わせていなかった。

「新七さん、あの」

「俺を疑っちゃいなかったと言いなさるんでしょう。そりゃお捨さんは、おもんさんのように、俺に出会っても知らぬふりをしたりはしねえ。木戸番小屋へ行っても、どうぞどうぞと部屋に上げてくれなさる」

でも、と新七は言った。

「俺は、米屋の親爺が見ている前で、ざるから銭を盗んだ男だ。腹ん中で何を思われても仕方がねえ」

「そんな」

「わるいのは俺だと、重々承知はしているんですが。親切にしてくれていた人も、米屋の銭の話がどこからか伝わってくると、顔をそむけるようになる。まじめに商売をしている時に出会っても、しかめ面《つら》をされることもある」

「ごめんなさい、そんなつもりはないのだけれど」

「それなら、あやまらないでおくんなさい。お捨さんまで俺を疑っているようだとは思っていやしたが、そんな風にあやまられると、ああやっぱりと、がっかりしちまうから」

「わたしがこれほど情けない女だとは、気づいてもいませんでした」

新七は、ゆっくりとかぶりを振った。

「俺も、わるい噂がこれほどしつこいとは思わなかった」

「消えますすって、すぐに」

新七は、もう一度ゆっくりかぶりを振った。

「七十五日たっても、消えるとは思えやせんが」

だから、と新七は口の中で言った。

「俺は、二度と自棄を起こさねえ。二度目の自棄っぱちでわるさをすれば、ろくでなしが俺の屋号になる。俺あ、そんな屋号を背負ってあの世へ行きたくねえ」

新七は、両膝に手をついて頭を下げた。

「一言だけと言いながら、俺一人でずいぶん長《なげ》えこと喋《しゃべ》っちまいやした。すみません、これで退散しやす」

新七は、橋を霊岸島の方へ向かって渡って行った。お捨はそのあとを追ったが、わずかにある人通りの中から、その足音を聞き分けたのだろう、急に早足となり、次には駆足となって、お捨との距離を開いていった。

木戸番小屋に駆けて戻ると、弥太右衛門がいた。将棋はさしていなかったが、弥太右衛門は、番屋から持ってきた大きな湯呑みで茶を飲んでいる。笑兵衛がそこへ捨てろと言ったのだろう、弥太右衛門の前には、水甕の上の棚にあった大鉢が置かれていて、中は茶殻《ちゃがら》の山だった。

「どうしたえ、お捨さん。顔色がわるいよ」

「弥太右衛門さん。弥太右衛門さんはご存じなかったんですか。新七さんが引越をなさるって」

「そう言やあ、昨日だったか一昨日《おととい》だったか、今月の店賃《たなちん》を差配に渡していたっけ。二、三日のうちに引っ越すと話してたな」

「どうして、どうして教えてくださらなかったんですか。教えてもらっていれば、おひきとめしたのに」

「え。俺は、お捨さんも知ってなさると思っていたんだが」

ま、茶でも飲めと、笑兵衛が言った。立ち上がって、大鉢の茶殻の山に急須《きゅうす》の茶の葉を捨てている。

「まったく、あんなに肩身をせまくして暮らすことはねえんだ」

「笑さんの言う通りだ」

弥太右衛門が茶筒をとって、急須に茶の葉を入れた。

「俺も、道の端っこなんざ歩かずに、胸を張って道の真中を歩けと言っていたんだが」

笑兵衛が、急須に鉄瓶《てつびん》の湯をそそいだ。弥太右衛門が入れた茶の葉も多かったが、笑兵衛がそそいだ湯も煮えたぎっていた。濃くて苦い茶がはいりそうだった。

「もっとも」

と、その苦い茶をすすりながら弥太右衛門が言った。

「端っこを歩いていてくれたお蔭《かげ》で、うちの婆さんの財布を見つけてくれたんだけどね」

え、とお捨は口の中で言った。

「忘れちまったのかえ。ほら、ここに女ばかりが集まった時さ。あの朝、俺は婆さんと大喧嘩《おおげんか》をしちまってねえ」

喧嘩でつむじを曲げていた弥太右衛門の女房は、約束は守っておくんなさいよと言い捨てて、足音も荒く家の外へ出て行った。

「なに、約束ってのは、あの日だけはどこへも行かずに留守番をするってことだったんだけどね。喧嘩した婆さんとの約束を守って家にいるのも、癪《しゃく》に障る話じゃないか。で、番屋へ将棋でもさしに行こうと出てきたんだよ」

その途中で、見覚えのある財布が道の真中に落ちているのに気がついた。

「が、喧嘩した相手の落としものを拾ってやるのはなお癪じゃねえか。だから、道の端っこへ蹴飛ばしてやったんだよ」

「それじゃ新七さんは」

「ああ、あいつは端っこばかり歩いているからね。俺も蹴飛ばしたあとでうしろめたくなって、探しに行ったんだが、新七が拾ってくれたあとだった」

「それも教えてくだされればよかったのに」

立ち上がったお捨に、笑兵衛が「ま、茶でも飲め」と湯呑みを渡してくれた。あやうく落としそうになるほど、熱い茶だった。

その茶をうまそうにすすっていた弥太右衛門は、自分で鉄瓶をとって急須に湯をそそいだ。

「新七は、お捨さんとこへ財布を届けたんだろう。俺と婆さんの喧嘩なんざ、知らせることもねえと思ってさ」

お捨は湯呑みを置いて、男二人に背を向けた。新七を追いかけるつもりだった。

「もう遅《おせ》えよ」

笑兵衛の声だった。

「新さんは今頃、引越先の差配に挨拶をしているよ」

「何ですって。それじゃお前さんも、新七さんの引越をご存じだったんですか」

「ああ」

「知ってなすったのに、ひきとめてくださらなかったんですか」

「ああ」

「ひどいじゃありませんか」

お捨は、上がり口に腰をおろして畳《たたみ》を叩《たた》いた。お捨が新七への疑いを消そうと苦しんでいたことに、笑兵衛が気づいていないわけがない。一言、弥太右衛門の女房の財布は新七が拾ったと教えてくれれば、疑いたくないのにと悩まずにすんだのだ。

「それはわかっていたが」

と、笑兵衛も茶をすする。

「俺も、新さんは引っ越した方がいいと思ったのさ」

「どうしてです」

「今度の差配さんが、昔馴染《むかしなじ》みのお人なんだとさ。新さんの人柄をよく知ってなさるようだ」

両の掌《てのひら》を頬に当ててうつむいたお捨を見て、笑兵衛は、「先方が引っ越したりして長い間会っていなかったのが、古傘を買い歩いている時にばったり出会ったのだそうだ」とつけくわえた。

お捨は黙っていた。

新七の人柄のよさはわかっていたつもりだが、「新七さんが盗みだなんて」と笑い飛ばすことはできなかった。信じきることはできなかった。人を見る目はあると思っていたのだが、それはお捨のうぬぼれだったのかもしれない。

新七さんより、自分の黒い煙の方を信じちまった。だめねえ、わたしは。

「茶でも飲みねえな」

笑兵衛の声がうしろから聞えた。

「せっかくの熱い茶が、ぬるくなっちまったじゃねえか」

「ごめんなさい。せっかくいれていただいたのですけれど、落着いていられなくって」

「新さんを探しに行くのかえ」

「ええ」

笑兵衛が鉄瓶を持った。弥太右衛門がもう一杯、熱くて苦いのを飲みたいらしい。鉄瓶にたっぷり入っていた筈の湯も、とうとうなくなったようだ。

「実はな。新さんの昔馴染みってお人は、俺の知り合いでね」

「何ですって」

「だから、俺は新さんの新しい住まいを知っている。もっとも、誰にも教えねえという約束をさせられたがね」

お捨は、立ち上がって笑兵衛を睨《にら》んだ。睨んでいるうちに、唇がほころびてきた。

新七が引っ越して行く、おそらくは裏長屋の差配は、新七が偶然出会ったのではないにちがいなかった。新七の噂は笑兵衛の耳にも入っていただろうし、番小屋へよく遊びにくる女達が、新七を疑っていたことにも気づいていただろう。新七は深川を離れた方がいいと考えて、笑兵衛は知り合いの差配をたずねたのだ。その差配が、たまたま新七の昔を知っている人だったというわけだ。

有難うございます。

と、お捨は胸の中で言った。

お前さんは、ほんとにいいお人だと思いますけど、口数の少なすぎるのが玉に瑕《きず》ですねえ。

お捨は、わざと笑兵衛から目をそらせて言った。

「お引越のお手伝いには行きなさらないんですかえ」

「行くさ、俺一人で。約束なのだから、一緒にくるなよ」

そりゃひどいと、弥太右衛門が言う。

「何がひどい。尾《つ》けてくるなとは言っちゃいねえ」

水、と笑兵衛は、持っている鉄瓶を揺すってみせた。

解説

縄田一男

文庫本の解説を書いていて〝縁〟というものを感じることがある。

私は、平成五年九月、講談社文庫に収録された北原亞以子さんの『深川澪通り木戸番小屋』の解説を書かせていただいた。この作品は、平成元年、第十七回泉鏡花文学賞を受賞した、いわば北原さんにとっての出世作といっていい。

こうした作品の解説を任されるのは、光栄なことではあるが、一方で緊張もする。

そしていま、シリーズの最終巻である第六巻『たからもの　深川澪通り木戸番小屋』（平成二十七年十月、講談社文庫）の解説を依頼された。

〝縁〟という他はない。

私はいま、シリーズの最終巻と書いたが、これは作者の意図によるものではない。

何故なら北原さんは、平成二十五年三月十二日に永眠されたからである。

このシリーズのテーマは、人は人にとってどれだけ〝藁《わら》〟たり得るか、であると私は思っている。人は困ったとき、〝藁〟をも摑《つか》みたい気持ちになる。その〝藁〟として登場するのが、木戸番のお捨・笑兵衛夫婦である。

かつては、日本橋の大店《おおだな》の夫婦であったとも、京の由緒ある家の生まれで江戸へ駆落ちをしてきたとも噂される二人は、実は切れば血の出る劇的な過去を秘めており――未読の方は第一巻『深川澪通り木戸番小屋』を参照されたし――それ故、傷ついた人たちを放っておけないのである。

ここに作者自身がこのシリーズについて記していることばを引用すると、次のようになる。

「絵草紙などでは木戸番は強欲な親爺夫婦と相場が決まっているようですが、ここでは木戸番小屋を、強欲どころかまるで無欲な夫婦の住む小さなユートピアにしてみました。こんな夫婦がいたのではないかと思わせてくれるところが、時代小説のよさだと思います」

そして北原さんは書いた――生きていくうえで何のバックボーンも持たず、権力にもかまってもらえない人たちと、お捨・笑兵衛夫婦との物語を。時に優しく、時に厳しく。

作品は好評をもって迎えられ、第二巻『深川澪通り燈《ひ》ともし頃』、第三巻『新地橋深川澪通り木戸番小屋』、第四巻『夜の明けるまで　深川澪通り木戸番小屋』と書き継がれ、この第四巻が平成十七年、第三十九回吉川英治文学賞を受賞することになる。その折の〝受賞の言葉〟が先に引用した本シリーズのモチーフを記したことばより、さらに詳細に語っているので、少し長くなるが、ここに掲げておきたい。

シリーズ作品には、気軽なものという印象があります。毎回、読者に重くなるようでは困ると、書いている私も思っています。

が、実は、さほど気軽なものではありません。シリーズの主人公が背負っているもの――悲しい過去とか犯してしまった罪とか、作者が背負わせたものなのですが、まずそれがあって、その回の主人公達が背負っているものがあります。その上登場人物がその重さに気づいていないこともあり、しかし読んで下さる方にはそれを知っていただかねばなりません。むずかしいと、近頃なおさら思うようになりました。

さらにさらに、「なぜこれを時代物にするの」と言われることが、よくあります。頭にちょんまげをのせなくてもよいじゃないかというのです。でも、「道に迷っている人には親切に教えておあげ」と、母親が幼い子供に言う場面を書けるのは、時代物だけになりました。やさしかった時代に思いをはせることができるのも、時代小説の楽しさではないでしょうか。

そして、実はこの作品の受賞は、吉川英治文学賞史上においても画期的な意味を持つ。

何故なら、市井ものが吉川英治文学賞を受賞するのは、これがはじめてだからだ。私は授賞式に出席したときの胸の内から込み上げる感動を、昨日のことのように記憶している。

ここで少し寄り道をして吉川英治文学賞のことを振り返ってみると、第一回の受賞が松本清張で『昭和史発掘』『花氷』『逃亡』ならびに幅広い作家活動に対してであり、第二回が山岡荘八『徳川家康』、第三回が川口松太郎『しぐれ茶屋おりく』、第四回が柴田錬三郎の『三国志　英雄ここにあり』を中心とした旺盛な作家活動に対してであり、いずれも巨篇大作というイメージが強い。そしてこの後も、新田次郎『武田信玄』ならびに一連の山岳小説に対して、五木寛之『青春の門』等が続くのである。

つまり、こうした作品に対して、世の中の片隅で、生きることの寂しさ、口惜《くや》しさ、腹立たしさ、喜びなど、ささやかな喜怒哀楽を描く市井《しせい》ものは入る余地がなかった――『しぐれ茶屋おりく』は、市井ものといえば、いえなくもないが、北原作品の持つささやかさとは、一寸《ちょっと》ニュアンスが違う――といっていい。

それを北原さんは見事にやり遂げたのである。

私が画期的であるといったのはこのことだ。

幾つか選評を抜き出してみよう。

井上ひさしいわく、

「第四話の『いのち』。生きるだけ生きて世の中の役に立とうと志した若者が、生きていてもしようがないとおもいながらやっと息をしている老女を炎の下から助け出し、そして死んでしまうのである。

この世の不条理《ばかばかしさ》がこの下町の小事件に一気に結晶する。とりわけ若者を飲みに誘った親友の苦しみは筆に尽くせないものがあるが、ここでこのシリーズの狂言回しの役をつとめている木戸番夫婦が、この『罪と罰』にも匹敵するような大難題を、深川風に、というより北原流儀でみごとに解決、というより軽やかに昇華してしまう。淡々とした筆の捌《さば》きの下に見え隠れする巨《おお》きな主題……北原小説の醍醐味はここにある」。

北方謙三いわく、

「北原亞以子さんの世界は、江戸の下町の庶民の姿を、さらりと描いていて、読む心地よさというものを、いつも味わわせてくれる。物語に大きな起伏はなく、血腥《ちなまぐさ》い事件が起きることも、激しい争闘もない。それでいて、どこか深いところで、不意に肺腑を衝《つ》かれたりするのだ」。

双方とも、ささやかなようでいて、実はその裏に生きることとの厳しさをくっきりと描いている北原作品の特質を良くとらえた評というべきであろう。

そしてシリーズは、第五巻『澪つくし　深川澪通り木戸番小屋』を経て、本書『たからもの　深川澪通り木戸番小屋』に辿《たど》りつく。

ここからは作品の内容に触れるので、解説を先に読んでいる方は、ぜひとも本文の方に取りかかっていただきたい。

第六巻の特色として、とげとげしさを増す現代社会を反映してか、自分を愛せなくなった人々の登場する作品が多いことが挙げられよう。

第一話「如月《きさらぎ》の夢」では、ろくな奉公先に恵まれなかったおつぎのささくれだった心を、お捨が癒《いや》していく。作者の筆は抜かりなく、「女（著者注＝お捨）はその破れを自分の方へまわし」という短い表現の中に、はじめてこのシリーズを読む人でもお捨がどういう人間か、ということを如実に示してくれる。

一転、おつぎと房吉が、双方、お捨は自分の母親代りだ、と言い合う場面で笑わせられたと思いきや、ラストの二行――「おつぎは、路地へ出てきた笑兵衛の荷物に手を添《そ》えた。一つの荷物を二人で下げて歩くのは、一度、おつぎがやってみたいと思っていたことの一つだった」で泣かされる。もはやこの構成は尋常ではない。

何とささやかな望みであろうか。ここで手巾《しゅきん》をしぼらぬ読者はいないだろう。

そしてこの第一話には思い出がある。本書が刊行された際、私は産経新聞から書評を依頼され、このくだりのことを書いた。するとどうであろう。ゲラがファクシミリで送られてくると、その余白に「書評を見て泣いたのは、はじめてでした」と書いてあるではないか。

その文化部の記者は北原作品の大ファンで、思わず感極まってしまったのだろう。無論、これは私の手柄ではない。私は彼に感動を〝仲介〟しただけである。恐るべきは、プロの読者である文化部記者にこの文言を書かせた北原さんの力量である。

第二話「かげろう」では、大工の娘から手習の師匠となった弥生《やよい》のコンプレックスが次第に解消されていくさまがとらえられている。それが題名通り陽炎《かげろう》の描写で表現されている。

それが「弥生は、着替えをすませて稽古場に入った。机を隅に片付けた稽古場には、ゆるやかな陽《ひ》が射《さ》している」↓「庭では陽炎が揺れている」↓「陽炎はもうたっていず、八つ下がりの陽がただ明るかった」という端的な描写の中で弥生の心のゆらぎがなくなっていくさまが手に取るように伝わってくる。

表題作である第三話「たからもの」と第七話「まぶしい風」のテーマは共通している。それは、畢竟《ひっきょう》、自分を愛せない人間は、子供や孫も愛せない、ということではあるまいか。表題作では、「借金を背負っても、おすがさんのお手許《てもと》には、大変な宝物が残りましたね」と、お捨・笑兵衛が一抹の寂しさとともにおすがを寿《ことほ》ぎ、第七話では、勘兵衛が父たることを思い出して、娘おたえのために、ならず者たちに立ち向っていく。

さまざまな紆余曲折を経ても、親は親、子は子なのである。

第四話「照り霞む」は、いまに深川中の人間からそっぽを向かれてしまうと思い悩むお吟の心を、ラスト数頁で登場したお捨たちが救《たす》けるというはなれわざが行われる。思えば、お捨・笑兵衛ほど、江戸のユートピアの住人として機能していながら、後ろへ引いている主人公も珍らしい、といえるだろう。

ここでも、
お吟は、昔のままでいたいのである。昔のように、親切で、やさしい女でいたいのである。おやえの亭主が、あまり働かない物売りになってしまったのは、弥市郎が他界してまもない頃で、お吟は、生れたばかりの赤ん坊のために、肌着を縫い、襁褓《むつき》を縫って届けに行ったものだ。おやえは、のどから手が出るほど欲しかったらしいそれらを、「わざわざ持ってきてくれなくたって、うちにもあるのに」などと言いながら受け取ったが、腹は立たなかった。

と、自分を愛せなくなってしまったお吟の心情がきちんと記されている。

第五話「七分三分」は、正に夫婦は破鍋《われなべ》にとじ蓋《ぶた》という、恐らく本書の中では最もユーモラスな一篇ではあるまいか。一寸、山本周五郎の下町ものの味わいもあるではないか。

第六話「福の神」も、第四話「照り霞む」同様、ラスト数頁で、自分は子供たちに貧乏神だと思われているおもんを、お捨が救う物語。子供の自立、親ばなれ、子ばなれといった現代に通じる物語を二重写しにして作者の筆も冴えわたる。

そして第八話「暗鬼」で、本書も、いや、『深川澪通り木戸番小屋』も大団円となる。この話は、作者の厳しい側面が出た話で、何とお捨に疑心暗鬼にかられて人を疑うことの愚かさを悟らせる、というストーリーになっている。

さあ、これでもう私たちは、梔子《くちなし》と同じ香りのするお捨と将棋好きの笑兵衛夫婦の新しい物語を読むことはできなくなった。だが、私たちには、この六冊を再読、三読する楽しみが残されている。

それでもどうしても二人に会いたくなったら、ぶらりと出かけてみるといい。作者いわく、

先日、(『深川澪通り木戸番小屋』の舞台である)永代二丁目へ行き、また大島川の橋の上に立って来ました。街の中の川となった大島川に土手のあるわけもなく、黒江川はとうになくなっている上、川の水も大分汚れているのですが、流れる川音だけは案外高く、昔と変わっていないようでした。

とのことだから。

(なわた　かずお／文芸評論家)

＊講談社文庫版に掲載されたものを再録しています。

たからもの
深川澪通《ふかがわみおどお》り木戸番小屋《きどばんごや》

朝日文庫

2025年2月28日　第1刷発行

著　　者　北原亞以子《きたはらあいこ》

発 行 者　宇都宮健太朗
発 行 所　朝日新聞出版
〒104-8011　東京都中央区築地5-3-2
電話　03-5541-8832（編集）
　　　03-5540-7793（販売）
印刷製本　大日本印刷株式会社

定価はカバーに表示してあります

ISBN978-4-02-265188-4
落丁・乱丁の場合は弊社業務部（電話 03-5540-7800）へご連絡ください。
送料弊社負担にてお取り替えいたします。